「
話を振られても
いよ。
僕は王立学校の一生徒なんだし」

CONTENTS

Tutor of the
His Imperial Highness princess

公女殿下の家庭教師

アレン

魔法の制御においては余人の及ばぬ領域にありながらも、己の実力に無自覚な青年。ステラとともに謎の儀式場に囚われる。

少女たちの夜
大精霊『雷狐』
アトラ
八大精霊の一柱。四英海の遺跡でアレンと出会った。普段は幼女か幼狐の姿。

リンスター公爵家次女
リィネ
リディヤの妹。炎属性極致魔法『火焔鳥』を拙いながらも操る。王立学校に次席で入学した才女。
ハワード公爵家次女
ティナ
四大公爵家であるハワード家に産まれながら魔法を全く使えなかった少女。アレンの指導の下、才能を爆発的に開花させ、王立学校に主席で入学した。

「落ち着け。落ち着いてくれよ、御姫さん方」
「レニエさん、説明をお願いします。アレンを唆したのは貴方ですよね？」
ウェインライト第一王女
シェリル・ウェインライト
『光姫』。アレン、リディヤの王立学校同期生。リディヤと互角の実力を持つ完全無欠の御姫様。

リンスター公爵家長女
リディヤ
『剣姫』。王立学校入学時からのアレンの腐れ縁。頭脳明晰で容姿端麗、剣も魔法も超一流の御嬢様。
「……で？　貴方達は何をしていたのかしら？」

「アレン様は私が絶対に守りますっ！！！！！」
白の聖女
ステラ
ティナの姉にして王立学校生徒会長。次期ハワード公爵。謎の儀式場で天使に体を乗っ取られるが——!?

「せめて……せめて、君が教えてくれた技でっ!!!!!」

アレンの親友
ゼルベルト・レニエ
王立学校、アレン唯一の同性の友人として行動を共にする。リディヤの天敵。ある事件で戦死し、地下大墳墓に埋葬されたはずだったが――！？
「そうだ！ それでいいっ!! それでこそ――俺の相棒だっ!!!」
公女殿下の
Tutor of the His Imperial Highness princess
家庭教師 14

公女殿下の家庭教師14

星約違いの天使

七野りく

ファンタジア文庫

3293

口絵・本文イラスト　cura

公女殿下の家庭教師14

星約違いの天使

Tutor of the His Imperial Highness princess

The angel of
Star oath breaker

CHARACTER
登場人物紹介

『公女殿下の家庭教師』
『剣姫の頭脳』

アレン

博覧強記なティナたちの家庭教師。少しずつ、その名声が国内外に広まりつつある。

『アレンの義妹』
『王立学校副生徒会長』

カレン

しっかり者だが、兄の前では甘えたな狼族の少女。ステラ、フェリシアとは親友同士。

『雷狐』

アトラ

八大精霊の一柱。四英海の遺跡でアレンと出会った。普段は幼女か幼狐の姿。

『勇者』

アリス・アルヴァーン

絶対的な力で世界を守護する、優しい少女。

『ウェインライト第一王女』
『光姫』

シェリル・ウェインライト

アレン、リディヤの王立学校同期生。リディヤと互角の実力を持つ。

『王国最凶にして最悪の魔法士』

教授

アレン、リディヤ、テトの恩師。飄々とした態度で人を煙に巻く。使い魔は黒猫姿のアンコさん。

『アレン商会番頭』

フェリシア・フォス

南部の兵站を担う→動乱の渦中で父親が行方不明に。

【双天】

リナリア・エーテルハート

約五百年前の大戦乱時代に生きた大英雄にして魔女の末裔。アレンへ、アトラを託す。

CHARACTER

登場人物紹介

王国四大公爵家（北方）ハワード家

『ハワード公爵』
『軍神』

ワルター・ハワード

今は亡き妻と娘達を心から愛している偉丈夫。ロストレイの地で帝国軍を一蹴した。

『ハワード家長女』
『王立学校生徒会長』

ステラ・ハワード

ティナの姉で、次期ハワード公爵。真面目な頑張り屋だが、アレンには甘えたがり。

『ハワード家次女』
『小氷姫』

ティナ・ハワード

『忌み子』と呼ばれ魔法が使えなかった少女。アレンの指導により王立学校首席入学を果たす。

『ティナの専属メイド』
『小風姫』

エリー・ウォーカー

ハワードに仕えるウォーカー家の孫娘。喧嘩しがちなティナ、リィネの仲裁役。

王国四大公爵家（南方）リンスター家

『リンスター公爵夫人』
『血塗れ姫』

リサ・リンスター

リディヤ、リィネの母親。娘達に深い愛情を注いでいる。王国最強の一角。

『リンスター家長女』
『剣姫』

リディヤ・リンスター

アレンの相方。奔放な性格で、剣技も魔法も超一流だが、彼がいないと脆い一面も。

『リンスター家次女』
『小炎姫』

リィネ・リンスター

リディヤの妹。王立学校次席でティナとはライバル。動乱を経て、更なる成長を期す。

『リンスター公爵家
メイド隊第三席』

リリー・リンスター

はいからメイドさん。リンスター副公爵家の御嬢様で、アレンとは相性が良い。

CHARACTER
登場人物紹介

アンナ …………………………… リンスター公爵家メイド長。魔王戦争従軍者。

ロミー …………………………… リンスター公爵家副メイド長。南方島嶼諸国出身。

シーダ・スティントン ………… リンスター公爵家メイド見習い。月神教信徒。

グラハム・ウォーカー ………… ハワード公爵家執事長。

テト・ティヘリナ ……………… 『アレンの愛弟子』。
教授の研究室に所属する大学校生。

レティシア・ルブフェーラ …… 『翠風』の異名を持つ伝説の英雄。王国最強の一角。

リチャード・リンスター ……… リンスター公爵家長男。近衛騎士団副長。

ギル・オルグレン ……………… オルグレン公爵家四男。アレン、リディヤの後輩。

偽聖女 …………………………… 聖霊教を影から操る存在。その正体は……。

賢者 ……………………………… 大魔法『墜星』を操る謎の魔法士。

アリシア・コールフィールド … 『三日月』を自称する吸血姫。

イオ・ロックフィールド ……… アリシアに次ぐ聖霊教使徒次席。

ヴィオラ・ココノエ …………… 偽聖女の忠実な僕。

ローザ・ハワード ……………… ステラ、ティナの母親。故人。多くの謎を持つ。

プロローグ

粗末な祭壇上に横たわる瀕死《ひんし》の騎士へ白光が降り注ぐ。

此処《ここ》は聖霊騎士団領が本拠地。その聖城内にある古教会。

祭壇傍《そば》に立たれ片手を翳《かざ》されているのは誰あろう、純白のフード付き外套《がいとう》を身に纏《まと》われた我等《われら》が聖女様だ。

私――聖霊教使徒末席であるイーディスから見ても次元の異なる魔力が、死を待つばかりだった騎士の傷を癒《いや》していく。奇跡だ！

目立たぬよう柱の陰で警備中だった私は泣きたくなる程の感動を覚え、フードで隠す獣耳が震えてしまう。

狼《おおかみ》族と魔族の血を引く私は聖霊教から排他される存在だ。親の顔なぞ知らない。

物心ついた時には、教皇庁において暗殺・諜報《ちょうほう》を担《にな》う連中の戦闘奴隷だった。

『魔族由来の膨大な魔力と獣人由来の頑強な身体《からだ》。まともな騎士や信徒には扱えない魔法の実験体として極めて有用。角有りの身だが早期消耗を認めず』

評価はこの文章のみ。半魔半獣の私は人間扱いされていなかったのだ。

にも拘《かか》わらず……聖女様は私の血に汚れた手を握り、使徒の地位とローブを与えてくださった。御自身は人族なのに！

そればかりか、多くの戦闘奴隷達を救い出し、温かい食事と寝床を——何より、私達に『虐《しい》げる者も、泣く子供もいない世界を創り出す』という新しい光をお与えくださった。

この御方こそ私達の救世主！

だからこそ、北方ロストレイの地で、忌々《いまいま》しいステラ・ハワードと『勇者』によって、下賜《かし》されし短剣とローブだけでなく、聖竜を喪《うしな》ったのは痛恨事であった。

何《いず》れ必ず復仇《ふっきゅう》は果たさねばならない。

その際には、公女が慕っているアレンという『欠陥品の鍵』を捕らえるのも一興——

「おお……」「このようなことが……」「奇跡だ」「聖女様、万歳！　万々歳っ‼」

古教会内を満たすように騎士達や医師が零《こぼ》す賛嘆が響き渡った。

不信心者の巣窟《そうくつ》ともいえるウェインライト王国と騎士団領は国境を接しており、この地も程近い。大規模な戦いは終息して久しいとはいえ小競《こぜ》り合《あ》いも多く、戦死者や重傷者も毎日のように出ている。特にオルグレン公爵軍の戦意が高いようだ。

聖女様が『私が出向きます』と仰《おっしゃ》られた際は、不遜にも反対意見を述べたのだが……

神々《こうごう》しい光が止《や》み、壮年の男性騎士が不思議そうに上半身を起こすや、短い茶髪の女性騎士が泣きながら抱き着く。私の主様《あるじ》は何時《いつ》だって正しい。

我が身の不明を恥じていると、二人へ慈愛の目線を向けられ、聖女様が振り返られた。

「さ、次の方を。私の力は微々たるものです。けれど今日、こうしてこの地に来ることが叶《かな》いました。出来うる限りの方を癒したいのです。皆さんの力を貸してください」

直後、割れている後方のステンドグラスから陽光が差し込んだ。

誰よりも美しく長い灰白髪が輝く。余りにも幻想的な光景。

『っ！』

全員が思わず目を見開いて息を呑《の》み、身体を震わせた。

この御方は我等を……そして世界を必ず救済される！

皆の心が一つとなり、騎士や医師が『仰《おお》せのままにっ！』と敬礼し駆け出した。男性騎士も滂沱《ぼうだ》の涙を流し、女性騎士と共に頭を幾度も下げ、自分の足で聖堂を出ていく。

聖女様が微笑《ほほえ》まれながらそんな二人を見送っていると、白髪白髭《しらひげ》の老騎士――聖霊騎士団団長デールと数名の騎士が木製の椅子を運び込んで来た。

先頭の老騎士が片膝をつき、訴える。

「聖女様、お待ちになられている間、どうぞ此方《こちら》の椅子におかけください」

「いえ、私は……」

如何《いか》なる時も慎《つつ》ましい我が主が頭を振られた。

すると、老騎士と騎士達は両膝をつき、深々と地面に額をこすり付ける。

「どうか……どうかお願い致します。我等、聖霊騎士団が各戦場において敗北を重ねたのは紛れもない事実。……真《まこと》、慙愧《ざんき》に耐えずっ！　同時に情けなきことながら、今の我等にはこの程度しか貴女様《あなたさま》の慈愛に対して返す物がないのです……」

先に起こったオルグレンの叛乱《はんらん》に乗じ、聖霊騎士団は王国東都をほぼ制圧するだけでなく王都にも進出。侯国連合の水都にも騎士を派遣し、作戦目的は達成したと聞いている。

だが、各戦場で敗れ去ったのも事実——

「デール」

我が主は何の躊躇《ちゅうちょ》もなく片膝をつき、両手で皺《しわ》枯れた手を取られた。

思わず私も動転し、騎士達もまた唖然《あぜん》とする。

「そのようなことを言ってはいけません。聖霊騎士は各戦場で勇戦しました。確かに犠牲は多く……東都や王都、水都で全てを得ることは叶わなかったかもしれません。ですが」

周囲の空間に純白の魔力が舞う。何と……何と神々しい。

「貴方達《あなた》のお陰で私達は確かな前進を得ました。王都の地で入手した『大樹の最も古き新

芽』、水都の地で入手した『侯王の石板』がその最たる物です。卑下をせず、堂々と絵物語の騎士様のように胸を張っていてください。……責めるならば私を。大魔法『蘇生《そせい》』、その完全なる復元という大願が成就《じょうじゅ》した暁には、亡《な》くなった方々にも必ず報いましょう」

歴戦の聖霊騎士達が肩を震わせ、嗚咽《おえつ》が古教会内に反響する。

やがて、涙を拭うと立ち上がり、

「……御言葉、心底より忝《かたじけな》しっ……」『全ては聖女様と聖霊の為《ため》にっ！』

胸甲と剣の鞘《さや》を叩《たた》いて宣言し、聖堂を出て行った。

全ては聖女様の為にっ！

椅子に腰かけられた主へ祈りを捧《ささ》げていると、若い男の声が聞こえた。

「ふんっ。相変わらず見え透いたことをしているのだな」

心中に強い不快感が込み上げてくる。使徒たる私に一切の気配を感知させない相手。

高い実力は認めているが……聖女様を揶揄《やゆ》するとはっ！

どす黒い感情を抑えて自分を落ち着かせ、静音魔法と認識阻害魔法を発動。

肩越しに問いかける。

「……イオ殿。聖城周囲の警戒をされていたのではないのですか？」

重ねられた木箱に腰かけ、足を揺らしていたのは小柄な半妖精族の魔法士だった。

長い白髪に女子の如《ごと》き華奢《きゃしゃ》な肢体と金の瞳。純白のローブを身に着け、頭に被《かぶ》っている同色の魔女帽子には黒き八片の花飾り。金属製の長杖《ちょうじょう》は宙に浮かんでいる。

——使徒次席『黒花《こっか》』イオ・ロックフィールド。

単独で難攻不落の七塔要塞《しちとうようさい》中枢を叩き、聖女様が憂慮を示されていた勇将ロブソン・アトラスを暗殺。水都でも王国の強者達を平然と足止めしてみせた大魔法士だ。

ただし……性格は最悪かつ傲岸不遜。何度殺してやろうと思ったか分からない。

常日頃と同じくイオが嘲ってくる。

「馬鹿がっ。既に十重二十重《とえはたえ》の結界は張り終えた。これを正面から突破出来るのは、『勇者』か『魔王』、厄介な竜くらいのもの。忌々しい吸血姫、ララノアに出向いているココノエの剣士と人族に国を奪われたアトラスの槍《やり》使い、各国に散る四名の使徒がいなくとも聖女の警護は万全だ。理解出来たか、未熟な末席殿？」

「……っ。申し訳ありません」

イオの言う忌々しい吸血姫——伝説の英雄『三日月』アリシア・コールフィールド殿は現在教皇領で静養中。聖女様の従者ヴィオラ・ココノエ殿と第三席レヴィ・アトラス殿、他の使徒達はそれぞれ極秘任務に就いている。

結果、ロストレイの敗戦が尾を引き、私だけでは『道中で聖女様が襲われた際、心もとない』と判断されてしまったのだ。……本当に忌々しいステラ・ハワードめっ。

歯噛《はが》みをしていると、イオが木箱から飛び降り、軽い口調で暗がりに同意を求めた。

「そちらもそう思うだろう？　大魔法『墜星』を操りし恐るべき使徒首座殿？」

片隅の影が崩れ、姿を現したのは二人の男。

一人は蒼《あお》く縁どられたフード付き純白ローブを身に纏《まと》い、古い木製の杖《つえ》を手に持つ若い男——『賢者』と呼ばれている使徒首座殿だ。

会話を交わしたことは殆《ほとん》どなく、フード下の顔も知らないが、聖女様の信任は厚い。

もう一人は、黒翠《こくすい》に縁どられた使徒のローブを身に着けた長身の男。……何者だ？

訝《いぶか》しく思っていると、賢者殿が静かに答えられた。

「同意する。グレンビシーの鬼子殿」

「……ふんっ」

痛い所を突かれたらしく、イオが鼻白んだ。この半妖精族の魔法士は自らの出生を話題にされるのを酷《ひど》く嫌う。白い魔女帽子の縁を下げ、話題を変える。

「そいつが先日ララノアの化け物に敗れたという哀れで無様な老第四席の代わりか。末席はともかく、私の足を引っ張ることはないのだろうな？」

「イドリス殿が⁉」

私達七名の使徒は聖女様によって直接選抜された存在であり、大願の為、死ぬこともその任に含まれている。

とはいえ……第四席のイドリスはイオ以上に傲岸でいけ好かない東方諸国家出身の老吸血鬼であったが、実力に疑いはなかった。利《き》き腕《うで》の右腕を喪い全盛期に程遠い身であっても、よもや敗れようとは。

戦慄する私を気にもせず首座殿が頷《うなず》かれ、唇を微《かす》かに歪《ゆが》められた。

「我が保証しよう。何しろこの男は――」

聖堂内の暗闇が増した。太陽を雲が覆ったようだ。

「四翼の『悪魔』を自らの手で殺している」

「なっ……」「ほぉ……今の時代に『悪魔』殺しとはな」

思わぬ言葉に私は絶句し、イオですら驚く。

悪魔とは人類の宿敵にして、神亡きこの世界における最強種の一角。

……そんな存在を殺した？

「話が本当であるならば、空いた第四席に座るのも理解出来る。本当ならば、な。余程数奇な人生を送って……ん？　この魔力は？」

その実力と知識量は認めざるを得ない使徒次席は、謎の男へ目を細め黙り込んだ。いったいどうしたというのだ？

戸惑っていると再び聖堂内に柔らかい初冬の陽光が差し込み、割れているステンドグラスを潜《くぐ》り、聖女様の下へ小鳥達が降りてきた。絵画の如き光景だ。

額を押し、イオが口を開く。

「……まぁ良《よ》い。今は首座殿の言を信じるとしよう。で？　新しき四席は何処《どこ》へ投入するのだ？　やはり、ラノアか？」

「それを決めるのは我ではないな」

首座殿が答えるや否《いな》や、静音魔法と認識阻害魔法が消失し——高位使徒達の姿が掻《か》き消えた。残ったのは私とイオだけだ。魔法を消失させた方法は見当もつかない。

明確な実力差に慄然としていると、聖女様が此方を向かれた。

「イーディス、私の傍《そば》へ」

「！　は、はい……」

穏やかな声に、自分が何も出来ない少女に戻ってしまったかのような錯覚に陥る。

イオの唇が「……馬鹿が」と呆《あき》れを示したが気にもならない。

緊張しながらも祭壇へと向かい、片膝をついて頭を深々と下げる。

「手を」

「……は、はっ」

恐る恐る片手を差し出すと、柔らかく手を重ねられた。

「せ、聖女様⁉　お、御手を……そ、その、あの…………」

私は激しく動揺し、言い淀《いよど》んでしまう。嗚呼《ああ》……何という栄誉だろうか。

フードから覗《のぞ》く美しい宝玉のような瞳には親愛の情。

「心配はいりませんよ。この場に私を害する方がいる筈《はず》もありません」

「あ……せいじょ、様……」

今度は頰を触れられ、私は全身が、かっ！　と熱くなった。とてもではないが制御なぞ出来はしない。聖女様は私にとって神よりも偉大な御方なのだ。

「貴女がそんな厳しい顔をしていたら、運ばれて来る方が怖がってしまいます、笑ってくださいね？」

「は、はい……も、申し訳ありません……」

頰が紅潮するのが分かる。動悸《どうき》も激しい。

何とかぎこちなく笑みを作ると「ありがとう」と御礼《おんれい》が返ってきた。

恍惚《こうこつ》な想《おも》いに心と身体《からだ》が支配され、一言も発することが出来ない。「……よくやる」後方でイオが何事かを零《こぼ》した気もするが、些事《さじ》だ。

足音で騎士達がやって来るのが分かった。

顔を上げると、汚《けが》れなき純白の魔力を輝かせながら、私の主様が左手を胸に置かれる。

「さぁ——何時《いつ》ものように一人でも多くの傷ついた人々を救いましょう。イーディスも手伝ってくださいね？」

＊

「では失礼致します、聖女様。祈りの時間中は誰も通さぬようイオ殿と私が厳重に警備しておきますので、御安心ください」

出会った時と変わらない、子犬のような表情を浮かべ少女は私へ頭を下げてきた。

苦々しい顔をしているイオとは対照的でとても楽しい。

聖霊教の生ける『聖女』として穏やかに私は礼を口にする。

「ありがとう、イーディス。頼りにしています。勿論《もちろん》イオも」

「！　も、勿体《もったい》ない御言葉です」「……ふんっ」

音を立てて、聖堂の堅固な扉が閉まった。目で見える程の結界が張り巡らされる。

フードを外して認識阻害魔法を解除すると、魔力灯と月光で壁に自分の影が映った。

――灰白髪の耳と尻尾。

聖霊教に排斥される獣人である私が『聖女』という可笑《おか》しさは、何年経《た》っても色あせない。昼間救った聖霊騎士達がこの事実を知ったら、自裁してしまうかも？

「ウフフ～♪」

妄想を弄び、その場でクルクルと踊ると胸の古いペンダントも弾んだ。

どうせ皆死ぬのなら、もっともっと良い戦場を用意してあげなきゃ★

ひとしきり嗤《わら》い終え、共犯者さんに問う。

「で？　何かありましたか？？」

聖堂内の影が揺らぎ、手に長杖を持つ自称『賢者』が姿を現した。

無駄口が好きな人ではないので、フードも外さずいきなり本題が提示される。

「お前に託され――十一年前、王国の封印書庫に残しておいた監視用の『召喚式』が発動した。奴等《やつら》の中の誰かが『十日熱病』の真実に気付いたようだ」

獣耳と尻尾に甘い痺《しび》れが走った。

嗚呼……貴方《あなた》は何時だって私の期待を裏切らない。

「間違いありません。私のアレンです」

両手で熱くなった頬を押さえ、身体を揺らす。嬉《うれ》しい。とてもとても嬉しい。

私の高揚に合わせ周囲が石化していく。『石蛇』も喜んでいるようだ。

「きっと極僅かな手掛かりから、真実へ到《いた》る路《みち》を手繰り寄せたのでしょう。無論、全ては理解出来ていないでしょうけど。もしかしたら、ウォーカーの娘経由かもしれません。教え子の一人だと聞いていますし。十一年前は貴方も随分と苦戦されて……」

王都封印書庫で交戦した若いウォーカーの夫婦は強かった。

『賢者』と偽称する共犯者さんが敗れそうになる程に——床が一瞬で凍結する。

「神亡《な》きこの世界で『ウォーカー』と『大樹守《たいじゅまも》り』を相手にしたのだ。『儀式場』への魔力供給停止に奴等が拘《こだわ》ったからこその勝利。だが……結果として、クロムとガードナーに時を与え、【星約《せいやく》】により路は遮断された。世界樹の若木の最深部にある『儀式場』へ立ち入るは、我等であっても容易ではない」

珍しく感情を露《あら》わにし、男は苦々し気に吐き捨てる。思い出したくないらしい。

幼い私の助けと、封印書庫によって偽装、秘匿され続けていた『儀式場』によって世界樹の子が力を弱めていなければ、共犯者は死んでいた。両手を合わせ嗤う。

「フフ……冗談ですよ～★　あの時、ガードナーとクロムを殺せず、呪いも王都全域にバラまけはしませんでしたが、後々障害になったろう『大樹守り』を殺し、『十日熱病』で呪殺した者達の魔力も地下の『儀式場』へ無理矢理注ぎ込めました。貴方の功績です」

「………」

不快を露わにし、男は憮然《ぶぜん》とした。

長い付き合いではあるけれど、私達はお互いを利用し合う関係に過ぎない。

ただ、願うものは異なっていても障害は同じ。姉の『アトラ』を殺したルパードを見つけ出してくれた恩も多少はあるし、今の所どうこうするつもりもない。

「アレンが封印書庫に辿《たど》り着《つ》いたのは慶賀すべきことです。けれど、この世界で誰よりも恐ろしい貴方が、強奪した古書や禁書、世界樹を狂わす魔法が記された『侯王の石板』の解読を放り出してまでやって来る程じゃ――あ！　もしかして、私を喜ばせるつもり」

男は石突きで床を打った。氷が砕け散る。

「『天使』が顕現したようだ。封印書庫で三人の手練《てだ》れにより撃破された『蛇』が生きていてな、微かに感知出来た。……純粋ではなく混じっているようだが。注《つ》ぎ込んだ魔力が淀んでいたからかもしれぬ。月神教の秘儀とはいえ、万能ではない」

「あら」

片手で口元を押さえる。想定はしていた。何しろ企図したのは私なのだ。

けど……『天使』？

ハワードとリンスターの忌《い》み子が暴走し『悪魔』になったのではなく？　私も表情を戻し、真剣に尋ねる。

「姉以外に、しかもこんな短い間隔で『白の聖女』候補が生まれていた、と？」

「それを調べに行く。ハワードの娘は北方戦線において『聖女』なぞと呼ばれていたようだが、関係なかろう。次女は忌み子でありながら【氷鶴《ひょうかく》】をその身に宿している。仮に長女がそうなら――……いや、あり得ぬ。そのようなこと、起こり得る筈がない」

「そうでしょうね」

この世界に神はいない。本物の奇跡は起こり得ない。

長女が『天使』となり得る可能性を秘めた『白の聖女』候補。

次女が忌み子でありながら、大星霊《だいせいれい》【氷鶴】をその身に継承。

そんな奇跡が起きたとしたら、私の姉はすぐにでも生き返ってくれている。

五百年前の大陸動乱すら知る男がフード下の蒼眼を細めた。

「世界樹によって封じられた地下へ侵入を果たした事実を鑑《かんが》みるに、『蛇』を倒した者達の中にはお前の言う通り『欠陥品の鍵』乃至《ないし》ウォーカーの娘が含まれているのだろう。残り一人が聖剣に触れ『天使』となった。百年前と同じくな。現段階ではこれが限界だ」

遠く離れた王都の状況は偽《にせ》賢者であっても詳しくは分からない。人は神ではない。

長い灰白髪を押さえ、私は掲げられた巨大な聖霊教の紋章を見上げた。

「模倣された七大魔法の内、私達は『光盾《こうじゅん》』と『蘇生《そせい》』。貴方の『墜星』。そして――」

男と視線を合わせる。

蒼《あお》の瞳には知性と、私にも匹敵する底知れない執念が見て取れた。

「水都で『水崩《すいほう》』を得ました。残るは三つ」

「『絶風《ぜっぷう》』は依然として魔王が握っている。神代の力を操る奴《やつ》には未《ま》だ勝てぬ。残る『炎滅《えんめつ》』はララノア。『震陣《しんじん》』は月神教が隠したが……見つけられぬことはない。そして」

影が揺らぎ、使徒のローブを身に着けた長身の男が姿を現す。

細眼鏡の奥に光る瞳は血の如《ごと》き紅。白翠《はくすい》髪を後ろで軽く結わえ、腰には古めかしい短剣。

――新しき使徒第四席。私からアレンへの贈り物。

共犯者が身を翻《ひるがえ》した。左耳の月のイヤリングが光を反射し、八片の歪《いびつ》な三日月が重なって『花』を作り出す。

「六つの大魔法と五百年に亘《わた》る我が研究の全てを注ぎ込み……邪魔な『勇者』を殺す。『天雷』を奪えさえすれば、七竜すらも打倒出来よう。お前の『石蛇』を除き、力を喪っている大精霊達と『魔王』はその後だ」

「アスター」

私は静かに消えていく背教者の背中へ呼びかけた。

第四席の瞳が微《かす》かに歪《ゆが》んだ。

感情は全て奪っている筈なのに、そこにあるのは悔恨と悲痛さ。気分が晴れていく。

ペンダントを弄《いじ》りながら、私は満面の笑みで命じる。

「新第四席と共に王都へと出向き、可能であれば『天使』を回収してきてください。もう一つの懸案はイオに任せます。フフフ……新しい人形を見た時、アレンがどういう反応をするのか、今から楽しみです♪　きっと喜んでくれると思うのですけれど」

第1章

「つまり——二人で封印書庫へ乗り込もうとして、リンスター公爵家副メイド長のロミーさんに制圧されたと？　兄さんが渡してくれた神域の水の力で辛うじて脱出したエリーの報告は聞いていたでしょう？『大樹の茨が地上までの通路を全て封鎖しています』。生半可な戦力では、行方不明になった兄さんとステラの救出は叶《かな》いませんっ！　二次遭難なんてことになったらどうするんですかっ‼」

「え、えっと、カ、カレンさん……」

王国王都、ハワード公爵家の屋敷《やしき》。

その一室で私からの詰問《きつもん》を受け、王立学校の冬用制服を身に着けた小柄で薄蒼髪の少女——ティナ・ハワード公女殿下は視線を彷徨《さまよ》わせ、しどろもどろになった。

「カ、カレン御嬢様《おじょうさま》、顔が怖いですぅ～」

そんな少女の背に、黒いリボンで結んだ長い紅髪と矢を重ねた模様の民族衣装が印象的なリンスター公爵家メイド隊第三席のリリーさんは回り込み、身体《からだ》を竦《すく》ませる。左手首に付けている腕輪が暖炉の炎を反射させた。

私は兄さん――『剣姫の頭脳』の異名を持つアレンから譲り受けた制帽に触れる。

落ち着かないと。

こういう時、最も強硬手段に出る『剣姫』リディヤ・リンスター公女殿下ですら、王国屈指の大魔法士である教授から百年前の事件――『天使から悪魔へと堕《お》ちた少女の悲劇』を聞いた後、自重しているくらいなのだ。

今、リディヤさんはシェリル・ウェインライト王女殿下と教授を引き連れ、封印書庫の責任者であり、貴族守旧派の巨魁《きょかい》、王宮魔法士筆頭ゲルハルト・ガードナーと協議中だから、もう少しで結論を出してくれるだろう。

「ティナ、リリー。勝手に動いて状況を混乱させないでください。百年前の事件について、説明しましたよね？　今は待つべきです」

夜景が広がる窓近くの椅子に腰かけ、ベッドで眠る寝間着姿のエリー・ウォーカーを見守っていた赤髪少女――リィネ・リンスター公女殿下も話に加わってきた。膝の上には幼《よう》狐姿《こすがた》になった八大精霊の一柱『雷狐《らいこ》』のアトラが丸くなっている。

「わ、私はただ先生と御姉様が心配だったんです。エリーがあそこまで取り乱すのも初めてでした……」

「封印書庫には聖霊教の罠《わな》も仕掛けられていたと聞いています。幾らアレンさんでも、攻撃魔法の使えないステラ御嬢様を守りながらじゃ……」

ティナとリリーさんはますます身体を小さくした。私も二人を諭す。

「心配する気持ちは分かります。でも、貴女《あなた》達はこの国において知らぬ者がいない『公女殿下』なんです。確かに『即応班』として、封印書庫近くへ進出することは許可しましたが、自分達の立場を少しは考えて行動してください」

「「ご、ごめんなさい……」」

ウェインライト王国の四方を守護する四大公爵家の子息は、歴史的経緯から『殿下』の敬称を戴《いただ》いている。良くも悪くも動けば目立ってしまう。

私は左腰に手を置き、しゅんとしている二人の公女殿下へ目を向けた。

ティナは、今でこそ公爵家の切り札である極致魔法すら使いこなす子だけれど、兄さんと出会うまでは魔法を一切使えず、『忌み子』とすら呼ばれていた。

強い恩義を持つのは理解出来るし、幼いながら異性として……好意を持っているのも知っている。リリーさんに到っては、実家である副公爵家に対し兄さんを『お婿さん』呼ばわりし、半ば本気であることも。

だからといって、たった二人で突入を試みるのは無謀だし、考えが足りない！

私はお説教を再開しようとし――

「アンナ、本当なの？」

リンスター公爵家のメイド長さんと通信宝珠で会話を交わしているリィネの声を聞き、黙考した。

『【星射《う》ち】の娘に尋ね、【楯《たて》】の都――【記録者】の書庫を『最後の鍵』『白の聖女』『樹守《きもり》の幼子』で降りよ。深部にて汝等《なんじら》は邂逅せん。矮小《わいしょう》なる人族の業と執念に』

ステラがここ数ヶ月悩まされていた、光属性以外の魔法が使えない魔力異常。

それを解決する為《ため》、兄さんは竜人族《りゅうじん》を通じて『花竜の託宣』を得た。

竜だけでも手に余るのに、十一年前、王都で起きた重大事件『十日熱病』の真実――聖霊教とエリーの亡《な》くなられた御両親が封印書庫で交戦した痕跡すら見つかったというのだ。

ステラ、ティナの御母様であるローザ様の魔法式も。……私達だけじゃ。

無意識に兄さんから贈られた短剣の柄《つか》を強く握り締めていると、リィネが通信宝珠を机の上に置いた。暗い顔だ。

「カレンさん、悪い報《しら》せです。ガードナーとの協議が決裂しました。即時の封印書庫突入は不可能です。直接的な衝突を避ける為、姉様と教授は一旦此方《こちら》へ戻られると……。母様とリュカ叔父様とフィアーヌ叔母様、シェリル王女殿下は引き続き協議を」

「……そう」「そんなっ！」「………」

ティナが口元を押さえ、リリーさんの表情も険しくなる。

憤《いきどお》りを鎮《しず》める為、私は窓の外を見た。自分の姿がぼんやりと映る。

灰銀髪に獣耳と尻尾。王立学校の冬用制服を着て、制帽を被《かぶ》っている狼《おおかみ》族の少女。

兄さんは——アレンは私にとって世界で一番大切な人だ。

私が狼族。兄さんが人族。

血の繋《つな》がりがなくたって、私達が世界で唯一の兄妹《きょうだい》なことに変わりはない。

妹は兄を如何《いか》なる時も守らないといけないのだ。なのにっ。

微かに魔力が洩《も》れ、紫電が散りそうになるのを抑えつけて息を吐く。

——ステラもまたかけがえのない親友。

未だ獣人族に対する強い蔑みが存在する王都。しかも名門たる王立学校で、私へ偏見なく声をかけてくれたのはあの子が最初だった。

兄さんだけでなく、親友に何かあったら平静でいられる自信はない。

窓の外に人通りはなく、ただ魔力灯が道路を照らしている。

ここからでは見えないが今頃、封印書庫のある屋敷は王国の精鋭によって取り囲まれていることだろう。

もう一人の親友――『アレン商会』番頭を務めるフェリシア・フォスも、今晩は心配しながらも各部隊への兵站《へいたん》補佐業務で寝られない筈《はず》だ。

私はルブフェーラの屋敷で受けた教授の説明を思い出す。

百年前――技量不足により大魔法『光盾』を暴走させ、幾つもの街を滅ぼしたウェインライト家の人物。そこには欺瞞《ぎまん》が含まれていた。

大魔法が暴走する、というのはジェラルド元王子の一件から明白だったが、『事件』を引き起こした王女は『ウェインライト家史上最優』と称される人物で、剣技・魔法に卓越し、誰よりも優しく穏やかな少女だったという。

『だからこそ、どうして彼女が――『白の聖女』候補のカリーナ・ウェインライト王女が八翼の『悪魔』へと堕ちたかは誰にも分からない。……賢《さか》しらに語っているけれど、『白の聖女』という言葉の意味も古《いにしえ》から伝わっているだけで同様だ。七日七晩の死闘の末、当時の『勇者』と共に王宮地下へと辛《かろ》うじて彼女を封じたレティ殿やロッド卿《きょう》も知らない。秘匿された理由は王家の体面だと思っていたんだが……聖霊教絡《がら》みとなると認識を改めないといけないかもしれない。花竜の言葉もあるしね』

冷たい三重窓に触れ、情報を組み合わせようと努めてみる。

百年前に生まれた『聖女』にして『天使』。そして――八翼の『悪魔』。

彼女は堕ち、王都を崩壊させかけた。

水都で兄さんが入手したローザ様のメモに書かれていた言葉の一つは【天使創造】。

関係があるようにも思えるけど……駄目ね。

私は『剣姫の頭脳』じゃ、兄さんじゃない。点と点を繋げて、真実を明らかになんかとても出来ない。

――パチンと暖炉の薪《まき》が割れ落ちる。

リィネの膝上で寝ていたアトラが獣耳を動かした。

私は息を深く吸い、指で窓に触れて少女達へ告げる。

「今はリディヤさん達を待つしかないですね。行動するのはその後です」

「……はい」「了解です」

リィネが頷《うなず》き、リリーさんはやや硬い声で了承した。

通りを騎士や兵士達が慌ただしく移動していく。新たな部隊が到着したのだろう。

「カレンさん」

振り返ると、ティナが左手を薄い胸に当てていた。魔力で前髪の髪飾りが煌《きら》めく。

「どうして……どうして、そんなに落ち着いていられるんですかっ⁉　先生と御姉様が行方不明なんですよっ！」

「！」

寝ていたアトラが驚き、エリーの寝ているベッドに飛び移って丸くなった。

──嗚呼《ああ》、この子はやっぱりとても良い子なのだ。

次期ハワード公爵であるステラはともかく、兄さんは社会的地位だけ見れば狼族の養子であり、『姓無し』。シェリル王女殿下が自身の『専属調査官』に任じても、爵位を得たわけでもない。

二百年前の魔王戦争以降、平民で爵位を正式に得たのは狂竜を倒した『銀狼《ぎんろう》』だけ。そんな彼も一代限りの子爵位で若くして亡くなり、名前だって忘れ去られている。

なのに……ティナはただただ純粋に兄さんの身を案じてくれているのだ。

嬉《うれ》しさを表に出さないよう努めつつ、王立学校副生徒会長として答える。

「簡単な話です。あの『兄さんがいないと延々とめそめそし続ける』ことで名を馳《は》せるリディヤさんが未《いま》だ理性的な行動をされています。先の騒乱の際、あの人が南方、王都、東都で何をしたか……貴女達も知っているでしょう？　本当に危険が迫っているのなら、王宮魔法士筆頭様と交渉なんかしないで、とっくの昔に単騎で封印書庫へ突入しています」

「「……………」」「……確かにそうですね～」

ティナとリィネは顔を見合わせ、リリーさんは苦笑した。

南方アヴァシーク平原では巨大魔導兵を斬り、禁忌魔法『炎魔殲剣《えんませんけん》』を以《もっ》て一軍を大破。

王都では敵本営を単騎で潰し、東都では敵総大将を襲撃した。

『剣姫』リディヤ・リンスター公女殿下は強い。

だが、その強さは兄さんがいてこそなのだ。技も心も。

私は片目を瞑《つぶ》り、左手を振った。

「あと、これは兄さんが戻り次第、絶対に詰問《きつもん》しないといけませんが……事前にリディヤさんへ何かしらの魔法を使ったようです。おそらく、お互いの気配を朧気《おぼろげ》に感知出来る類のものでしょう。奥底に『何か』がいるのはアトラとリアの言葉からも確実ですが、私も兄さんの魔力を極々微《かす》かに感じ取れていますし、命の危機は今のところありません」

「「………むぅ～」」

ティナとリィネが納得半分、不服半分の呻《うめ》きを零《こぼ》した。こういう所はまだまだ子供だ。

長い紅髪の年上メイドさんが左手を挙手した。豊かな胸が強調される。

「裁判長～★　アレンさんが戻られた後、査問会議開廷を提案したいですぅ～♪」

二人の公女殿下は視線を落とし「ま、まだまだ、これからですし……」「わ、私には未来がありますし……」。ティナはともかく、リィネは将来的に敵となる予感が。

思考を振り払い、ニコニコ顔な年上メイドさんへ告げる。

「開廷には同意します。が……リリーさん、私としては貴女にも疑義があるんですが？

例の兄さんを巻き込んでの決闘騒ぎ。何処《どこ》まで本気だったんですか？」

するとリリー・リンスター公女殿下は両手を合わせ、満面の笑みを浮かべた。

そこに一切の邪気はない。

「ウフフ～♪　私は何時何時《いつなんどき》だって本気ですよぉ～★　カレンさんが義妹になってくれたらとっても嬉しいですぅ～♪」

「私に義姉はいません。将来的にも出来ませんっ！」

「カレンさんの独占に反対しますっ！」「ティナの意見に賛同しますっ！」

「訴えを棄却します」

「「副生徒会長の横暴～‼」」

後輩達が頬を膨らますが私は頭を振る。譲るつもりは一切ない。

リリーさんは顎に人差し指をつけ、

「え～！　良《い》いじゃないですかぁ☆　ぎゅ～♪」

「し、しまっ、くぅ！」

いきなり急機動し私に抱き着いてきた。は、速いっ！

ジタバタするもリンスター公爵家メイド隊の第三席は伊達《だて》じゃなく動けない。

私がリリーさんに頬ずりされている中、リィネは真面目な顔に戻った。

「兄様とステラさんが行方不明。けど、差し迫った命の危機はない」

「ですが……『紅備え《あかぞな》』と近衛《このえ》騎士団。王都にいるリンスターのメイド隊席次持ち全員。うちの執事長『深淵《しんえん》』グラハム・ウォーカー。リュカ・リンスター副公爵と王宮魔法士筆頭ゲルハルト・ガードナーと王宮魔法士達」

次いで、ティナも小さな指を折っていく。

薄蒼髪《うすあおがみ》の公女殿下と視線を交錯した。そこには強い危機感。

「御父様も含め王国屈指の方々が集められています。……これは、先生と御姉様を救う為ではなく、最悪の事態に備えての」

「ええ、分かっているわ、ティナ、リィネ」

私は皆まで言わせず、リリーさんの拘束から抜け出した。

——兄さんの気持ちが少しだけ分かる。

目の前の二人とベッドで寝ているブロンド髪の少女は日々成長しているのだ。それがとてもとても嬉しい。後輩達へ大きく頷き返す。

「何時でも動けるようにしておきましょう。救出役は私とリィネで籤引《くじび》きを」

「っ⁉」「了解です、カレンさん」

ティナとリリーさんが絶句し、リィネは不敵に笑った。

すかさず、薄蒼髪の公女殿下が手を挙げる。

「はいっ！　異議がありますっ、裁判長っ‼」

「異議を却下します」

「なぁっ⁉」「！　？」

大声を出したせいでアトラが顔をあげて私を見てきた。

兄さんとステラが行方不明になった直後より、この子と『炎麟《えんりん》』のリアが落ち着きを取り戻してくれたことも安心材料だ。……ルブフェーラの屋敷《やしき》で言っていた『大変っ！』『優しいけど、怖い子』の意味は分からないけれど。

幼狐《ようこ》の頭を優しく撫《な》で、淡々と通告する。

「貴女《あなた》はリリーさんと即応班に入ったでしょう？　連続は無しです」

「っ！　そ、それは……」

「カレン御嬢様《おじょうさま》～こういう時は実力順で決めるべきだと～……」

口籠ったティナに代わり、リリーさんが反論してきた。

すかさず、足を組んだリィネが大人びた表情で疑問を呈する。

「リリーって、うちのメイド隊第三席じゃなかったのかしら？　『眠ってるエリーの護衛』っていう、御仕事を放りだすの？」

「っ！？！！！」

紅髪の年上メイドさんがよろめき、綺麗《きれい》な瞳を見開いた。

エリーに当たらぬようベッドに倒れ込み、顔を上げて恨めし気に零す。

「……今の話し方、リディヤ御嬢様にそっくりでしたぁ」

リィネが大袈裟《おおげさ》な動作で両手を広げる。

「何時までも、私だって子供じゃないのよ？」

「ううう～！　リィネちゃんの意地悪ぅ～！」

唇を尖《とが》らせ、年上メイドさんは可愛《かわい》らしく不貞腐《ふてくさ》れた。愛される所以《ゆえん》なのかも？

──魔力が揺らめき、無数の炎羽《えんば》を幻視させる。

建物前にハワード公爵家の車がつくのが見え、ティナとリィネが同時に叫ぶ。

「「カレンさん！」」「お帰りになったみたいですね～」「！」

アトラも寝ぼけながら驚き、長い白紫髪の獣耳幼女の姿に戻ってしまった。

私は幼女の頭を優しく撫で、三人へ静かに告げる。

「ティナ、リィネ、部屋を移動しましょう。エリーを起こしてしまうのは可哀想《かわいそう》です。リリーさんは残ってエリーとアトラの警護をお願いします」

＊

会議室の扉を中から開けると飛び込んで来たのは、毛糸帽子ともこもこなコートを着た、紅髪の幼女——八大精霊の一柱『炎麟』のリアだった。

獅子《しし》に似た丸耳と尻尾を振りながら、元気よく挨拶してくれる。

「カレン、きたー！」

「おかえりなさい、リア」

私が幼女に微笑《ほほえ》むと、ますます嬉しそうに尻尾が揺れる。

アトラもそうだけど、とても大きな力を行使する存在には見えないわね。

「リア、コートを脱がないと駄目よ？」

少し遅れて、長い紅髪で剣士服にコートを羽織り、腰に魔剣を提げている美少女も入って来た。肩には黒猫姿の使い魔アンコさんが乗っている。珍しい。

「リディヤさん！」「姉様！」

椅子に座り話し込んでいたティナとリィネが、緊張した面持ちで立ち上がる。

この美少女の名前は『剣姫』リディヤ・リンスター。

兄さんとは王立学校入学試験以来の付き合いらしく、長期休暇の時ですら出来る限り一緒に行動したがる困った公女殿下でリィネの姉だ。

リアの帽子とコートを脱がせ、抱き上げソファーへ座らせる。アトラと同じ白服だが、少しだけ背が高い。

「もふもふ～？　でも、神狼《しんろう》の方がもふもふ～」

長い紅髪の幼女はクッションに抱き着き埋もれていく。自然と場が和む。対してリディヤさんはコートを脱ぎ捨て、椅子に腰かけ長い足を組んだ。

途端にアンコさんは掻《か》き消え、気《き》付いた時には本棚の上へ移動されていた。原理は未《いま》だに分からない。兄さん曰《いわ》く『難しいけどとても綺麗な魔法だよね』。

私達へ座るよう手で指示を出され、リディヤさんはグラスへ冷水を注いでいく。

「エリーの様子はどう？」

「まだ眠っています」「余程疲れているみたいで……」

「そう」

立ったままのティナとリィネが短く答えると、廊下の外から指示を出す男性の声。ハワード公爵家の執事ロラン・ウォーカーさんだろう。

「寝かせておきなさい。アンナに聞いているとは思うけど、状況を確認しておくわ。あいつもよく言っているでしょう？　こういう話は繰り返しておいた方がいいのよ」

そう言うと、紅髪の公女殿下は指を鳴らした。

部屋の中央に王都の拡大地図と名前と部隊名が表示される。……想像以上に数が多い。

また、封印書庫を中心に薄い赤の円が描かれている。

「現在、あいつとステラは依然として行方不明。封印書庫を中心に『神域化』が進行し、探知魔法の類は効かなくなっている。シェリルとリュカ叔父様が王宮魔法士筆頭ゲルハルト・ガードナーに即時突入を訴えているけれど……駄目ね。表向きの理由は『情報収集が必要だ』というものよ。ただし、エリーの報告を聞いて相当動揺していたわ。この期《ご》に及んで連絡のつかないクロム、ガードナー両侯からは何も聞かされていなかったみたいね」

リディヤさんが目を細めてゆっくりと頭を振った。それだけで室内の空気がひりつく。

侯爵家出身のゲルハルト・ガードナーは、獣人と『姓無し』に対して蔑みを隠そうとすらしていない。兄さんが封印書庫へ入るのも最後まで認めなかった、とも。

「リ、リィネ」「分かってます、ティナ」

薄蒼髪の公女殿下が赤髪の公女殿下の袖を引っ張り、クッションで遊んでいるリアを挟むようにソファーへ腰かけた。

……さっきまであんなに突入を主張していたのに、リディヤさんの圧に屈したわね。

紅髪の幼女はクッションを抱きしめたまま二人を見上げ、小首を傾《かし》げた。

「リアの隣、うれしい？」

「勿論《もちろん》です！」「リアは可愛いですからね」

「リア、かわいいー♪」

幼女は獅子に似た獣耳をピコピコと動かし、身体《からだ》を揺らした。

……アトラを部屋に置いてきたのは失敗だったかも。

私は諦めて空いている椅子に座った。

グラスをテーブルへ置き、リディヤさんが話を再開する。

「御母様とフィアーヌ叔母様、グラハム・ウォーカーは各隊に指示を出し、近衛騎士団主力と共に封印書庫近辺を封鎖中。オーウェン・オルブライトも既に到着したわ」

『血塗《ちまみ》れ姫』リサ・リンスター公爵夫人。

『微笑み姫』フィアーヌ・リンスター副公爵夫人。

リサ様はリディヤさんの全力攻撃を日傘であしらい、フィアーヌ様は私、ティナ、リィネ、エリーと連戦しても汗一つかかせられなかった王国屈指の剣士様達だ。

そんな御二人に加え、先の動乱において国王陛下と王族の皆さんを叛乱《はんらん》軍から守り抜いた近衛騎士団団長様まで。

リディヤさんがテーブルに頬杖《ほおづえ》をついた。

「そして、今からもう少し詳しく百年前の事件に関して説明してもらいましょう」

「お邪魔するよ、御嬢《おじょう》さん方」

「「――!」」

気配を感知出来なかった私達は驚き、入り口の扉へ目をやる。

そこにいたのは帽子を被《かぶ》り眼鏡をかけたコート姿の男性――王国屈指の大魔法士として他国にも畏怖されている教授だった。

室内に入って来られると、大袈裟に肩を動かされる。

「やれやれ、さっきまで頑迷な王宮魔法士筆頭殿とやりあっていたのに、すぐ国家機密級の話をしないといけないなんてね。どうせなら、テト嬢達にも聞かせておきたいんだが。そして、僕の味方に……」

「後で私が説明しておくわ。テト達を味方につけようとしても無駄よ。あの子達がアレン絡《がら》みの件で素直に命令を聞くと思う? ギルが王都に居ない以上、歯止め役はイェンだけ。他の子達は……分かっているでしょう?」

紅髪の公女殿下は容赦なく教授の言葉を断ち切った。

テト・ティヘリナ——兄さんとリディヤさんが通っていた大学校の後輩さんで、『一般人』を偽称する練達の魔法士だ。

他の後輩さんとは東部国境にいるギル・オルグレン公爵代理以外と話したことはないけれど、今のやり取りで粗方察する。彼女達は兄さんに恩義があるらしい。

教授がわざとらしく肩を竦《すく》められた。

「…………確かにね。アンコ」

黒猫姿の使い魔様が一鳴き。

扉が勝手に閉まり、室内に強力な静音結界が張り巡らされた。

兄さんとリディヤさんの恩師が右手を少し挙げる。

「敢《あ》えてだが……もう一度忠告しておこう。ルブフェーラの屋敷でも触れたように、今から話す内容は『光盾』の暴走として隠匿された国家最高機密。国内で知る者は極めて限られるし、後日処罰される危険性もある。それでも聞きたいかい？」

『…………』

私、ティナ、リィネはお互いの顔を見合わせ、小さく頷《うなず》くと同時に苦笑した。

覚悟なんて、とっくの昔に決めている。

……処罰？

そんなもの、兄さんとステラを喪《うしな》う恐怖に比べればたかが知れているのだ。

リディヤさんに視線で促され、教授は静かに帽子を外された。

「流石《さすが》はアレンの教え子達と妹さんだ。肝が据わっているね。僕が知っていることを話すとしよう」

＊

さて、何から話そうか……。

事件の概要についてはあれ以上、僕も知らないんだ。

『白の聖女』候補とされたカリーナ・ウェインライト王女が何かしらの切っ掛けで『天使』――次いで八翼の『悪魔』となり、暴走した。

そして、その過程で『光盾《こうじゅん》』の怪物達を生み出し多くの街を壊滅させ、七日七晩の死闘の後、夥《おびただ》しい犠牲を払い王宮地下に封じられた。

当時の『勇者』と『彗星《すいせい》』のレティ殿、ロッド卿《きょう》によってね。

これが後世に伝わる全てだ。資料もない。王家の禁書庫にならあるのかもしれないけれど……陛下は所在を知らないと仰《おっしゃ》っていたよ。そこに嘘《うそ》はないと思う。

だから、今は別の確認をしておこう。

君達はもう『忌《い》み子』について知っているね？

——ああ、そうだ。

極々稀《まれ》に生まれてくる魔法の使えない者。

二十歳までに死ぬか、そこまで生き残っても『悪魔』と化す。

リディヤ嬢とティナ嬢はもう心配いらない。軛《くびき》から逃れている。

二百年前、『流星』に救われたレティ殿や『三日月』と同じくね。

アレンはね、既にとんでもない偉業を成し遂げているんだよ。

直接的だろうが、間接的だろうが、二人の『忌み子』を救った者なんてそれこそ『流星』以外いない。

……が、君達は不思議に思ったことはないかな？

僕達は『悪魔』という言葉を既に知っている。

そして、同時にその対を成す存在として『天使』という言葉も。

真剣に考えてみると、これは少しばかりおかしな話だ。

——『竜』『悪魔』『吸血鬼』。

それぞれ御伽噺《おとぎばなし》の中で暴れ回るけど、この三種は現実世界にも存在する。

実際に戦ったリディヤ嬢ならば理解してくれると思うんだが……多くは人族に対し強い敵意を持つか、視野にも入れようとしない。

『竜』も『悪魔』も『吸血鬼』も人が相対するには些《いささ》か強大に過ぎるからだ。

彼等《かれら》にとって僕達の多くは地を這《は》う蟻《あり》でしかない。

並の剣士、魔法士ではそもそも戦闘にすらならず、蹂躙《じゅうりん》されるだけ。

練達の剣士、魔法士でも抗するのは困難極まる。

その攻撃は地形を変え、その防御は極致魔法どころか戦術禁忌魔法ですら弾《はじ》く。

真正面からどうこう出来るのは、『勇者』殿か、絵物語に登場する英傑の末裔達《まつえいたち》くらいだろうね。

故に古来人々は彼等を恐れ、時に敬ってきたんだ。

王都に襲来した黒竜。託宣を齎《もたら》す王国西方の花竜。水都に降臨し、最も新しい神域を生み出した水竜は分《わ》かり易《やす》い例だろう。

じゃあ、『天使』はどうだろうか？

絵物語に描かれている存在達の多くは、脚色はあれどこの世界に実在している。

『勇者』と『魔王』。千年を生きる魔物。意志ある武具。英傑が操った八つの大魔法。

――そして世界の律を司《つかさど》る『八大精霊』と星を守る『七竜』。

多くの人々を救う『白の聖女』と災厄を齎す『黒の聖女』。

古い時代からの言い伝えを軽んじてはいけない。

そこには真実が隠れているかもしれないんだ。

＊

教授がグラスに注いだ水を一口飲まれた。

ティナとリィネは真剣な表情で考え込み、リアが「ん～？」と真似《まね》っこをしている。

幼い頃、兄さんと一緒に聞いた母の言葉を思い出す。竜は星を守ってくれているのよ。

紅髪の公女殿下が行儀悪く頬杖をつく。

「……回りくどいわね。あいつやテト、後輩達がいたら付き合ってくれるかもしれないけれど、この場にいるのは私達だけ。本筋の話をしなさい。アンコに言いつけるわよ？」

余りに容赦がない。

リディヤさんにとって、兄さんと身内に関わる話以外は全て些事《さじ》なのだ。

そんな公女殿下を見て、紅髪の幼女が大きな瞳を瞬《また》かせる。

「いいつける－？」

「言いつけなくて良いです！」「リアは悪い子になっちゃダメですよ？」

両脇のティナとリィネが幼女へ言い含めている。アトラに対してもそうだけど、この子達を可愛《かわい》がってしまうのは皆変わらない。

グラスを掲げ、教授が嘆息される。

「……いやはや手厳しいね。少しは話に付き合ってくれても」

「教授」

リアをリィネに託したティナが立ち上がり、大魔法士へ向き直る。

蒼《あお》の瞳に隠しようのない知性を湛《たた》え、天才少女は結論を口にした。

「カリーナ王女以前も『白の聖女』と呼ばれる存在は生まれてきていたんですね？　けれど、誰一人として『天使』には至らず、実害もなかった。百年前の事件で初めて古い伝承が正しい、と立証された。そして――」

背筋を伸ばし、右手を胸に押し付ける。

「『花竜の託宣』により御姉様が『白の聖女』だと判明し。だからこそ王都に精鋭と大兵力を集結させ、万が一に備えている。違いますか？」

「「……………」」

私は沈黙し、リィネが口元を押さえ、リディヤさんも眉を微《かす》かに動かした。

……兄さんがこの子の成長を見守りたがるわけね。

ティナ・ハワード公女殿下は物事の本質を捉えることに長《た》けているのだ。

教授が幾度か手を叩《たた》かれた。

「御見事だ、ティナ嬢。封印書庫を管理してきたクロム、ガードナー両侯が、古《いにしえ》の時代よりその記録の任に当たっていた形跡がある。ジョン王子が大陸動乱時代の古書内に、それを示唆する内容を見つけられた。……ただ、誤解はしないでほしい。僕達はステラ嬢を害するつもりは毛頭ない。そもそも、封印書庫から王宮地下への路《みち》は閉ざされていた。大樹によってね。何も起こらなければ良し。何か起こった時、対処する為《ため》にリサやフィアーヌに来てもらったんだ。リリー嬢の婿取りという『表』の理由でリュカを騙《だま》してまで。百年前のような悲劇は起こさせない。――何より」

不思議とこの後の言葉は理解出来た。

ティナやリィネも私と同じようで、前髪をピンッ！　と立てている。

みんなの視線が集中する中、長い紅髪の公女殿下だけはお澄まし顔で嘯《うそぶ》いた。

「あいつの傍《そば》には私がいるものね。とっとと解決してあげるから、封印書庫突入許可を今すぐ出しなさいよ」

「「っ!?」」「……反論出来ないね」

私達は絶句し、教授が苦笑される。こ、この人はっ！

これ見よがしに何も付いてない右手薬指に触れる仕草を見て強い憤《いきどお》りを覚えると同時に、自然と納得もしてしまう。

何しろ——『剣姫』と『剣姫の頭脳』なのだ。二人が揃《そろ》って負けるとは到底思えない。

兄さんの隣を譲るつもりはないけれど……でも、これからはもう少し一緒にいる時間を増やした方が良《い》いかも？　やっぱり、大学校に入ったら下宿先へ引っ越しを！

「冬季休暇は北都に。エリーと協力すれば……」「兄様、リィネだって……」

後輩達も各々《おのおの》今後を考えているようだ。

さっきまでの張り詰めた空気はなくなり、肩の力も抜ける。

時折無意識にステラが内心を零《こぼ》しているけれど、私も大概単純なのかもしれない。

目を細め、教授が口を開かれそうになり——突然立ち上がられた。

「何だ？　この魔力は？？」『!?』

ほぼ同時に私達も気づき、窓へと駆け寄る。

封印書庫上空に屋根や壁、石畳の残骸が天高く吹き飛ぶのが見え、轟音《ごうおん》が遅れて三重の窓硝子《ガラス》を震わせた。

灰色の茨が現れ、蠢《うごめ》いている。

「あ、あれって……」「大樹の？　だけど、あの色は……？」

信じられない光景にティナとリィネが動揺し、手を握り締め合う。

警備の任についている近衛《このえ》騎士や各隊は屋敷《やしき》の敷地《しきち》内で喰《く》い止めようとしているのだろう、無数の炎や雷が闇夜を幾度も照らし、軍事用大規模結界の光が夜空を照らしていく。

それすらも貫く魔力。まさか……暴走しているっ⁉

「リディヤ嬢、悪いが僕は先に行くよ。百年前の『天使』降臨前には、茨の結界が張り巡らされたと聞いている。大樹には確かな意思があるんだ。屋敷で合流しよう。ガードナーの馬鹿を説き伏せるか、無理ならば……」

そこまで言っていきなり教授の姿が掻《か》き消《き》えた。アンコさんもいない。

どうにか、今の言葉を咀嚼《そしゃく》する。

……『天使』降臨の予兆？

リディヤさんが両手で窓を一気に開け放たれた。

冬の冷たい夜風が吹き荒れる中、当然のように命じられる。

「カレン、行くわよ。封印書庫を経由し地下突入。あいつとステラを救うわ。リア」

「分かっています！」「がんばるー♪」

兄さん直伝の温度調節魔法を発動し、自分の周囲を温める。

帽子とコートを身に着けさせようとする前に、リアが淡い光を発し――消えた。

紅髪を靡《なび》かせる公女殿下の右手甲に『炎鱗《えんりん》』の紋章が瞬《またた》いている。

大精霊との親和性をもうここまで高めて⁉

――私達はこの数ヶ月で大きく成長した。

けれど、それは『剣姫』様も同じなのだ。

歩みを決して止めない兄さんの隣を歩く為――ただ、それだけの為にリディヤ・リンスター公女殿下は全力で前へ、前へと進み続けている。

先程感じた以上の悔しさに、私達が唇を噛《か》み締《し》めていると、リディヤさんは当然のように屋根へ向けて問いかけた。冷たい冬の風に紅髪が靡く。

「リリー、いるんでしょう？」

すると、コートを羽織った年上メイドさんの顔がさかさまのまま顔を覗《のぞ》かせ、器用に部屋へ入ってきた。警戒しつつ盗み聴きしていたようだ。

胸元からアトラが顔を出す中、普段通りの明るさでリリーさんが両手を合わせる。

「はい～♪　準備万端――」

「貴女《あなた》は残って、ティナとリィネとエリーを護衛しなさい。アトラもお留守番よ」

「ですぅ……けど………？」「おるすばん？」

思わぬ命令に途中で言葉を喪《うしな》い、兄さんとお揃いだという左手首の腕輪と、前髪の花飾りに触れ自分を落ち着かせようとしている。アトラも不思議そうだ。

少し遅れて——唖然《あぜん》としていたティナとリィネも我に返り、憤然と喰ってかかった。

「リディヤさんっ⁉」「姉様っ⁉」

「駄目よ。無駄口は叩かせないわ」

「〜〜〜っ‼」

戦場にいる時の表情。取り付く島はなさそうだ。

腕輪から手を外し「はぁ……」深く息を吐くと、リリーさんが名を呼んだ。

「リディヤちゃん、理由を教えて」

そこに普段のおちゃらけた様子はなく高貴さすら感じさせる。このメイドさん志望な年上少女もまた本物の御嬢様《おじょうさま》なのだ。

リディヤさんはそんな従姉《いとこ》の視線を受け止め、珍しく困った顔をされた。

「今までの情報からして、エリーの御両親は『十日熱病』の件に深く関わり、封印書庫でその黒幕と交戦しているわ。十一年ぶりに亡《な》くなった両親の情報を突然与えられたのよ？

大樹の被害だって拡大するかもしれないのに、心が乱れた状態のまま一人にしておくわけにもいかないでしょう？　アレンならそう判断するわ。……貴女達、あいつのお説教を受けたことある？　本気っ！　で怖いんだから。私は二度とごめんよ」

「「…………」」「嗚呼《ああ》……なるほど」

ティナとリィネ、リリーさんが沈黙し、私は背筋を震わせて深く首肯した。

兄さんは優しい。下手すると王国で一番……いや、世界で一番優しいかもしれない。

弱きを助け、強きを挫《くじ》き、自分よりも他者を優先してしまう。

だからこそ、怒らせると怖い。本当に怖い。

私も幼い頃、一度だけお説教されたことがある。……今、受けてもきっと泣く。

兄さんに嫌われた、と少しでも想像してしまうあの恐怖ときたらっ！

それ抜きにしても、眠り続けているエリーを置いていくわけにもいかない。

聖霊教と謂《い》えど、王都で封印書庫の罠《わな》以上の事を出来るとは思えないけど……油断は出来ない。リディヤさんの指示は冷静に考えてみれば道理に適《かな》っているのだ。

『剣姫』様はティナとリィネの頭に軽く触れ、リリーさんの腕輪を指で弾き、アトラの白紫髪を手で梳《す》いた。

「大丈夫よ。必ずあいつとステラは助け出すわ。約束する」

「はい……」「姉様……」「気を付けてね？」「やくそくー」

三人と幼女が納得するのを見届けると、リディヤさんは私へ手で指示を出して来た。

車や馬車じゃなく、自力で行く、と。

お互いの拳をぶつけ、頷《うなず》き合い——私達は闇の広がる王都へと飛び出した。

リディヤさんが空中で不敵な笑みを浮かべ、叫ぶ。

「カレン、まずは御母様達と合流するわ。遅れず義姉に付いてきなさいっ！」

「何度言えば分かるんですかっ！　私に義姉はいませんし、出来ませんっ！」

＊

リディヤさんが身体強化魔法と風属性魔法を併用し、屋根伝いに封印書庫の入り口がある屋敷へと冬の王都を疾走していく。風で靡く長い紅髪は綺麗《きれい》だと思う。

だけど——私だって負けてはいられない。

雷を纏《まと》い、全力でその背中を追いかけ隣に並ぶ。

「やるじゃない、カレン」「貴女だけが強くなったわけじゃありませんっ！」

言い返して前へと出ると、すぐさま抜き返される。

都度言い合いをしていると――要塞の如《ごと》き厳《いか》めしい屋敷が見えてきた。

【記録者】クロム、ガードナー両侯爵の管理する封印書庫だ。

這《は》いずり回《まわ》る灰色の茨を屋敷内外の各隊が食い止めている。

突然、リディヤさんが、音もなく封印書庫近くの屋根に降り立った。

少し遅れて隣へ降り立つと――

「っ！」

地面が激しく揺れた。灯《あか》りが一瞬消えた。

外の通りに布陣する騎士や兵士達が叫ぶと同時に、土煙が立ち昇った。

「い、いったい何が……」

制帽を押さえながら下を観察すると、巨大かつ無数の長細い影が蠢いている。

……まさか。

「軍用戦略結界を突破して屋敷外に出て来たの⁉」

私は咄嗟《とっさ》に腰の短剣を引き抜こうとし――細い手で制される。

「大丈夫よ、カレン」

リディヤさんの声色には絶対的な確信。

訝《いぶか》し気に視界の悪い通りへ視線を向けると土煙の中、大金槌《おおかなづち》の影が灰色の茨を弾《はじ》き飛《と》ばし、閃光《せんこう》がそれをバラバラに切断した。あれって！

　空中に舞い上がった茨の残骸は灰光を瞬かせ再生を試みるも、一つ一つが青の小結界に封じ込められ消失した。

　兄さんなら一目で看破するのだろうけど、私じゃどんな魔法だったかは分からない。

　分かるのは一連の攻撃を行った人達が『恐るべき強者達』である事実。

　……世界は少しだけ広過ぎる。

　私が半ば呆《あき》れていると、前方の屋敷を囲う結界強度が数段上がった。

　何が何でも『状況をこれ以上悪化させない』という強い意志を感じ取っていると、私達の前に栗茶《くりちゃ》髪で小柄なメイドさんが降り立つ。

　そして、普段通り深々と頭を下げてきた。

「リディヤ御嬢様、カレン御嬢様、申し訳ありません。少しばかり掃討漏れがいたようでございます」

「アンナさん！　そんなこと——え？」

　私は否定しようとし、気付いた。

　周囲の建物の屋上や魔力灯の頂上に複数の人影。

　大金槌、剣、双短剣、魔杖《まじょう》、大剣、大斧《おおおの》、大鎌、長槍《ながやり》——それぞれの得物を持ち静かに命令を待っているリンスター公爵家のメイドさん達だ。

人数はアンナさんを含め合計で九名。

第三席のリリーさん。第四席でアレン商会付のエマさん。南都でニコロ・ニッティを護衛中の第六席のサキさんを除く、メイド隊の席次持ちが揃《そろ》ってっ⁉

驚きの余り私が言葉を喪う中、アンナさんがスカートの両裾を摘まんだ。

「奥様達は封印書庫の入り口でお待ちです。外の厄介事は私共にお任せください♪」

『御武運を！　リディヤ御嬢様！　カレン御嬢様！』

メイドさん達が一斉に唱和し、励ましてくれる。

リディヤさんが唇を微《かす》かに動かし、満足気に頷かれた。

「頼んだわ」「あ、ありがとうございます」

私も深々と頭を下げ、再び移動を開始した紅髪の公女殿下を追いかける。

後方から地面を割る破壊音が聞こえてきた。

聳《そび》える鉄格子《てつごうし》を跳躍で乗り越え、私達は屋敷の敷地内へ。

リディヤさんと地面へ降り立った途端、奇妙な感覚に尻尾がざわついた。

咄嗟に雷属性中級魔法『雷神探波』を発動させるも事前情報通り消失。

……力は弱いけど水都の神域と同じ？

隣の公女殿下へ目で確認すると「大丈夫よ。あいつの魔力は感じ取れるわ」とだけ告げ、歩き始めた。慌てて追随する。

焼け焦げ、石となって崩れていく茨へ厳しい視線を向けられていた赤髪の近衛《このえ》騎士団副長様――リチャード・リンスター公子殿下が気づかれた。リディヤさんのお兄さんだ。

周囲には一ヶ月に亘《わた》る東都大樹の防衛戦を戦い抜いた歴戦の騎士様達の姿もある。ケレリアン・ケイノスさん、ライアン・ボルさん、最年少の少女騎士『幸運』ヴァレリー・ロックハートさんはいないようだ。

剣を肩へ置かれ、リチャード様が苦笑される。

「……来たか。リディヤはともかく、カレン嬢までとはね。母上とアンナの予想的中だ」

「愚兄、状況は？」

意にも介さず、リディヤさんが質問を発した。その間、私は辺りを見渡す。

敷地《しきち》内にいるのは――近衛騎士様達と南方諸家の最精鋭部隊『紅備《あかぞな》え』が中心。

古めかしい建物の屋根、壁、玄関に大穴が穿《うが》たれ、鉄格子はひしゃげ、窓硝子《ガラス》も割れているが幸いなことに死者は出ていないようだ。

出現した灰色の茨も全て倒したようで、長い魔杖を持つローブ姿の王宮魔法士達が負傷者に対し次々と治癒魔法を発動させている。

何の脈絡もなく激しい轟音《ごうおん》が屋敷《やしき》の裏手から響き、暴風が吹き荒れた。

地下から戻って来る際、神域の水を用いてエリーが無理矢理こじ開けたという大穴から茨が出現しているのだろう。

リチャード様が屋敷の入り口を指差す。

「封印書庫入り口までの路《みち》は確保しておいた。ただ、地下で何が起こっているのかは一切不明だ。通信宝珠も不調になりつつある。とにかく急いでくれ。叔父上がうちの団長を止めてる内にね。あいつを地下に取られると、地上で茨を抑えきれない」

豪傑として名高い近衛騎士団団長オーウェン・オルブライト様と、リュカ・リンスター副公爵殿下は裏手で奮戦されているようだ。

「…………」

リディヤさんが正面玄関へと歩き出した。私も後に続く。

探知魔法が効かない以上、此処《ここ》から先は兄さんとステラを救うまで出たとこ勝負だ。

戦友だと勝手に思っている赤髪の公子殿下と近衛騎士様達へ挨拶。

「行って来ます！　皆さんも気を付けてくださいっ！」

『はっ！』

胸甲を一斉に手で叩《たた》く音が木霊《こだま》する。リチャード様もニヤリ。

「ありがとう、カレン嬢――妹をよろしく」

「はいっ！」

元気よく答え私は『雷神化』！

雷を纏い――一瞬で壊れた玄関前に佇《たたず》み味気の無い黒紐《くろひも》で長い紅髪を結わえていたリディヤさんに追いつき、揶揄《やゆ》する。

「その紐、あんまり可愛《かわい》くないですよ？」

「今は結べればいいのよ。あいつを連れ戻したら一緒に買いに行くわ」

公女殿下はさも当然といった様子で言い放ち、重厚な正面玄関を潜《くぐ》った。

悔しいが、どんな髪型でも似合うリディヤさんの横へ並び牽制《けんせい》しておく。

「妹の権限で却下します。兄さんと一緒に買い物へ行くのは私ですっ！」

「カレン、貴女《あなた》も来年には大学校でしょう？　そろそろ兄離れしないと駄目よ？」

「どの口が言ってるんですかっ！　……取り敢《あ》えず、今は」

「ええ。行きましょう」

警戒しながら屋敷内を、設置された簡易魔力灯に導かれ進んで行く。

天井も壁も床も破損が酷《ひど》い。建物自体にも強力な結界が張られていた筈《はず》なのに。

いきなり廊下が途切れ、進行方向を残骸が遮っている。先程の茨によるものだろう。

「下がってなさい」

リディヤさんは私へ告げ——魔剣を一閃《いっせん》し美しい動作で納剣。

引き千切れた分厚い扉が両断され炎上するや、音を立てて左右に倒れた。

更に歩を進め、大穴の開いた広場へと入る。天井は吹き飛び月と星空が覗《のぞ》き、転がっている残骸は石柱と壁。殆《ほとん》ど廃墟《はいきょ》も同然だ。……兄さん、ステラ、どうか無事で。

「リディヤ、カレン」

女性の声が私達を呼んだ。

目線を地下へ向けると、半ばから千切れた螺旋《らせん》階段と幻想的に発光する円形広場が見えた。エリーの証言通りね。

私達は躊躇《ちゅうちょ》なく大穴へ飛び込み、螺旋階段を蹴って着地した。

石柱に設けられた魔力灯によって、視界に不自由はないようだけれど……居心地が良い《い》場所ではない。獣耳と尻尾が勝手に逆立ってしまう。

その原因は分かっている。

「……あれがエリーの言っていた、封印書庫の入り口……」

円形広場中央に揺らめく『扉』。

これだけの被害が生じているにも拘《かか》わらず、傷一つついていない。異様だし不気味だ。

幼い頃、老獺《ろうかわうそ》のダグさんに東都地下大水路へ連れていってもらった時の感情が思い起こされる。……あの時は私の隣に兄さんがいて手を握ってくれていた。

私達を待ってくれていたのは、紅の軍装を身につけられた長い紅髪のリサ・リンスター公爵夫人と、小柄で耳が隠れる程度の紅髪なフィアーヌ・リンスター副公爵夫人。腰には魔剣と細剣を提げられている。

傍《そば》には、厳しい顔の教授と頭にアンコさんを乗せた白狼《はくろう》のシフォンの姿も。

——そして。

「遅いわよっ！　リディヤ、カレン‼」

シェリル・ウェインライト王女殿下が溢《あふ》れる戦意を隠そうともせず、胸を張られた。

光の魔力が溢れ広場を照らし、長く美しい金髪と白の魔法衣を一層輝かせる。

まさか、自ら封印書庫へ降りられるつもり⁉

実力はリディヤさんに匹敵する、と王宮での『じゃれ合い』を目撃したステラとエリーは言っていたけれど……この御方は未来の女王陛下なのだ。幾ら何でも無謀なんじゃ。

『シェリルは良い子だよ。……ただあの子、気を付けないと僕やリディヤの為《ため》なら、何でもしてくれそうなんだよね』

学生時代、兄さんは困ったようにそう評していた。本当だったのかも。

リディヤさんも王女殿下を若干呆れたように一瞥《いちべつ》し、リサ様達へ話しかけられる。

「御母様、叔母様」

「今更止めるつもりはないわ」「リディヤちゃんの上達ぶりが楽しみだわぁ♪」

『血塗《ちまみ》れ姫』と『微笑《ほほえ》み姫』――王国屈指と名高き剣士様達は同意を示された。

これで障害は何も、

「待っていただきたい」

入り口を守るかのように壮年の魔法士が降り立ち、私達の前に立ち塞がった。

左目の片眼鏡と長く伸ばした白髭《しらひげ》。手には木製の魔杖を持ち、白基調の魔法士のローブ。周囲には数冊の書物が浮遊している。

――王宮魔法士筆頭ゲルハルト・ガードナー。表情には明らかな嫌悪《けんお》が見て取れた。

「誰の許可で封印書庫へ立ち入ろうと？　二度目の侵入を許したつもりはないが？？　私は両侯より全権を委任されている」

「そのようなことを言っている場合ではないだろう？　君とて、現在の状況が危機的なことは理解している筈だ。王宮地下への進入路は限られる。地下大墳墓を経由しろとでも言うのかい？？」

「特例とはそういうものだ。陛下の裁可も下りてはおらぬ。強弁するならば」

教授が冷たく指摘すると、ゲルハルトは左手を翳《かざ》した。

七本の柱の陰から武装した王宮魔法士達が姿を現す。実力行使すら辞さないと⁉

無数の炎羽《えんぱ》が広場全体を覆い尽くす。

「…………」『⁉』

ゲルハルトは不動だが、王宮魔法士達には動揺が走った。

「言いたいことはそれだけ？　私達は急いでいるのよ。止めるのは勝手だけれど……相応の覚悟は出来ているのよね？？」

敵意を隠そうともせず、リディヤさんが冷たく吐き捨てる。まずいっ。

私は書類上命令を下す立場のシェリル王女殿下に目で助けを乞おうとし「……全員気絶させて、記憶を弄《いじ》れば問題ない、か……」と真剣な顔で思案している。

に、兄さんっ！　もう少し一般常識を教育しておいてくださいっ‼

『剣姫』と『光姫』――二人の怪物から魔力を叩きつけられた王宮魔法士達は堪《たま》らず、剣や魔杖《まじょう》を向けようとし、

「止《や》めておきなさい」「戦力の見極めは大事よ～？」

紅光が走るや、七名の手練《てだ》れは一瞬で地に伏した。

単なる身体強化魔法による加速なのだろうけど……信じられない。ゲルハルトの首元に、神業を披露されたリサさんとフィアーヌさんの手刀が殊更ゆっくりと添えられる。

「平時ならば貴方《あなた》の権限に服するわ」「でも、今の王都は戦場ですから」

「…………」

幾ら練達の魔法士と謂《い》えど、接近戦でこの御二人には勝てっこないのだ。

持っていた長杖の石突きを打ち、ゲルハルト・ガードナーが重い口を開く。

「リンスター公爵夫人と副公爵夫人。『剣姫』の入室は許可しよう。だが、そこの獣人を入れるわけにはいかぬ。一度は許したが、二度は家祖の遺訓に――」

「ゲルハルト先生」

フィアーヌ様が言葉を遮られた。

表情は柔和なままだけれど――瞳に浮かぶのはリリーさんが時折見せる、隠しようもない知性の光と真摯さ。

「聡明《そうめい》な貴方様なら分かっておいででしょう？　――封印書庫が既に崩壊していることに。その『扉』にしても生きているのは『行き』だけ。帰還が自力なのはエリー・ウォーカーの先例で明らか。地上に出現した茨の魔力からして、地下でアレン達が交戦したという『氷剣翼の石蛇』、その僅かな残滓《ざんし》の仕業です」

「…………」

リサ様とフィアーヌ様が手刀を引かれた。

「『火急時に動かぬは真の愚。君達はそのような場でこそ冷静であれ。そして弱き者を守る勇気持つ者になりなさい』――学生の頃、私達にそう教えてくださったのは外ならぬ貴方様です。今のアレンとステラはその『弱き者』ではありませんか？　戦場において爵位を持つ者が逃げ、持たぬ者を見捨てる……そんな情けなき話を『鉄風』ゲルハルト・ガードナーが容認されると？　クロム、ガードナー両侯は何処《どこ》にいるのですか？？」

重い重い沈黙。茨が暴れているようで、屋敷《やしき》全体を揺らす。

……この男は愚者じゃない。

状況が危機的な事も、両侯が恥ずべき行いをしている事も理解している。

教授がふっと息を吐かれ、手を掲げられた。

「突入するのはリサとフィアーヌ。この状況下でもアレンを感知可能なリディヤ嬢と」

自然と背が伸びる。私は制帽を脱ぎ胸へ押し付けた。

小さく教授が頷《うなず》かれる。

「カレン嬢だ。僕達は屋敷に残り、エリー嬢が構築した屋敷裏手の脱出路を死守する。ゲルハルト。以前、王都東方の丘で君にかけられた言葉を返すとしよう」

二人の間に冷たい火花が散った。

教授とゲルハルト・ガードナーの間には深い確執があるのだ。

「僕と君とでは価値観も生き方も丸っきり異なる。この差は死ぬまで埋まることはない。

だが──『王国と民を守る』その一点において僕達は妥協出来る。『花竜の託宣』に間違いはない。ステラ嬢は『天使』に、まして『悪魔』なぞにも決してならないさ。彼女の傍には新しき時代の『流星』がついているんだからね」

「貴殿の甘い考えを私は決して認めぬ。何《いず》れ破綻を引き起こし、王国に災禍を齎《もたら》すと確信もしている。『流星』だとっ？　二百年前、彼を信じ世界がどうなったと──」

ゲルハルト・ガードナーが感情を露《あら》わにし、すぐに鎮静化。

再度石突きで地面を叩《たた》くと、浮遊する魔導書が自動で頁《ページ》を捲《めく》り始めた。

魔法式が地面に描かれていく。半妖精族の転移魔法陣に似て？

王宮魔法士筆頭が冷厳に今後の予想を口にする。

「百年前の事例通りならば、神域の侵食は以後拡大していく。王宮魔法士は王都と王家の『楯《たて》』。そんなことは容認出来ない。……我等は万が一に備え王立学校の大樹本体を封鎖する。よって、私達は此処《ここ》にいなかった。状況が悪化せぬことを祈る」

魔法式が鈍色《にびいろ》の光を放ち──消えた。王宮魔法士達も呪符を翳して転移していく。

獣人を嫌悪する貴族守旧派の巨魁《きょかい》。兄さんの王宮魔法士就任を阻《はば》んだ男。

同時に紛れもない『愛国者』。

世の中は複雑だ。頭脳労働は私の担当外なのに。

「──……はぁ」

思わず息が零《こぼ》れた。兄さんは王都でずっとあんな人達を相手に。

沈んでいると、フィアーヌ様が弾むような足取りで私へ近寄られた。

「カレンちゃん、よろしくねぇ♪」

花が咲いたような笑顔。リリーさんによく似ている。

慌てて気持ちを切り替え、頭を下げる。

「よ、よろしくお願いします、フィアーヌ様。リサ様も本当に有難《ありがと》うございます」

答えた途端、胸の大変豊かな副公爵夫人の笑みが深まり、両手を合わせられた。

隣に立つ紅髪の美女も目を細められる。

「『フィアさん』って呼んで？」「私も『リサさん』よ？」

「………………は、はい。フィアさん、リサさん」

「ありがと♪」「いい子ね」

私はあっさりと御二人の圧力に屈した。勝てるわけがない。

そんな中、シェリル様は口元を押さえ、ぶつぶつと呟《つぶや》かれている。「……後で私も『シェリルさん』……あ、それよりも『義姉《ねえ》さん』の方が良《い》いかも……?」。聞こえないけれど、リディヤさんの憮然《ぶぜん》とした表情からある程度内容は想像出来る。

……分かっていたけれど、この人もある意味で『敵』なのよね。

思考を終えた王女殿下が、左手で胸を叩かれ紅髪の公女殿下へ詰め寄られた。

「リディヤ！　私も一緒に行くわっ‼」

「……シェリル、駄目よ」

「どうしてよっ！　貴女《あなた》だけがアレンに救われたわけじゃないわっ‼」

「分かってるわよ、そんなこと。……だけど」

次々と地下空間内に謎の黒匣《こくこう》を漂わせながら、教授が後を引き取られた。

「シェリル嬢、退路を維持するのは僕だけじゃ無理だ。シフォンと共に残っておくれ。アンコも護衛につける」

「……それは…………でも、私はっ！　私だってっ‼」

「シェリル王女殿下」

咄嗟《とっさ》に名前を呼んで、私は両手を摑《つか》んだ。

潤む瞳を覗《のぞ》き込み、決意を告げる。

「任せてください。兄さんとステラは必ず救い出してみせます」

「………その目はズルいわ。彼と同じなんだもの」

先に目を逸《そ》らしたのはシェリル様だった。

袖で涙を拭われ、腕組み。

「貴女って本当にアレンの妹さんなのね。今の言い方もそっくりだったわよ？」

「世界で唯一の妹ですから」

今まで何度この言葉に支えられただろう？

口にするだけで、勇気が胸の奥から湧き上がってくる。

シェリル様が人差し指で私の額を押された。

「た・だ・し！　公的な場以外は今後『王女殿下』禁止よ、禁止。私も呼び捨てにするわ。使ったら私の義妹になってもらうから、そのつもりでいてね、カレン☆」

「え、えーっと……」

思わぬ要求に戸惑っていると、紅髪の公女殿下が私を自分の背へ隠した。

「バカね、シェリル。カレンは私の義妹よ？」

「リディヤ、勝負はまだ決まっていないわ！」

「「フフフ★」」

炎羽と光がぶつかり合い、地下広場を明るく照らす。

私は我に返り、憤然と二人の間に割って入る。

「何度でも言いますが私に義姉はいませんし、出来ませ――きゃっ」

突然後ろから副公爵夫人に抱きしめられてしまう。

この胸……凶器だわ。

「そうよぉ～？　将来はリリーの義妹になって、私の娘さんに～」

「「ないです!!!」」

「え～♪」

三人で否定すると、フィアさんは不服そうにしながらも踊りながらリサさんの傍《そば》へ戻られ、ほんの微《かす》かに頷かれた。

……もしかして、気持ちを落ち着かせる為《ため》にわざと？

リサさんとフィアーヌさんが『扉』へ進まれ、私はリディヤさんと共に後へ続く。

アンコさんを頭に乗せたシフォンが王女殿下に寄りそうのを確認し、教授は片目を瞑《つぶ》り左手を振られた。

「リサ、フィアーヌ、リディヤ嬢、カレン嬢、君達は強い。だがこの一件には聖霊教と『賢者』の影も見え隠れしている。大樹の力がこれ以上強まれば、君達と謂えど脱出するのは困難になるだろう。強攻はしないように。気を付けて」
次の瞬間——私達は『扉』の中に呑《の》みこまれた！

＊

最初に見えたのは無数の星が瞬《また》く漆黒の空。

足はついているが……地面かどうかは自信がない。奇妙な感覚だ。

近くにリディヤさんがいるのは分かるものの、不安が押し寄せてくる。

いったい何がどうなって？

探知魔法を発動させようと、短剣の柄《つか》に手をかけた直後、

「ぷふっ」「……カレン」

視界が突然開け、私は顔をリディヤさんの背中にぶつけてしまった。

「す、すみません」

謝り離れ、状況を確認。リサさんとフィアーヌさんは一足早く転移が終わられたようで、魔剣と細剣を抜かれている。

私達が送り込まれたのは三つに割れた円形舞台。エリーの報告通り広大だ。

七本あったという大きな石柱は半数以上が存在せず、舞台を囲む四方の谷からは数えきれない石化した大樹の枝と根、茨。かつては整然と並んでいただろう書棚の群れを薙《な》ぎ倒《たお》し、破壊の限りを尽くしている。私は顔を顰《しか》め、独白した。

「酷《ひど》い……」

「封印書庫のなれの果て――カレン、跳びなさいっ！」「!?」

リディヤさんの注意喚起を受け咄嗟に左へ跳躍し、雷龍の短剣を抜き放つ。

先程まで私達が立っていた場所に灰氷片が降り注ぎ舞台を穿《うが》った。これって。

頬を炎が撫《な》でる。

――頭上に向かって、二羽《わ》の炎の凶鳥が急上昇。

大樹の根と同化し天井にへばりついていた異形の怪物――片氷翼と脚の大半を喪《うしな》いし『氷剣翼の石蛇』に、リサさんとリディヤさんの炎属性極致魔法『火焔鳥《かえんちょう》』が直撃！

『〰〰〰〰〰〰〰！！！！！』

紅蓮《ぐれん》に包まれた怪物は声なき悲鳴を上げて、舞台へと落下。土埃《つちぼこり》を巻き上げた。

灰色の『光盾《こうじゅん》』を展開し、『蘇生《そせい》』で再生を試みるも、兄さん達との戦闘で殆《ほとん》どの力を喪っていたようだ。炎に押し負けのたうち回る。

兄さんが伝説の魔女【双天】リナリア・エーテルハートから譲り受けた魔剣『篝狐《こうこ》』を

抜き放ち、リディヤさんが冷徹に状況を推察する。

「『賢者』の残した罠《わな》の残り滓《かす》ね。大樹が活性化した結果、偶々《たまたま》力を吸えたんでしょう」

「フィア」「は～い♪」

リサさんに名前を呼ばれた小柄な副公爵夫人が、止《と》めを刺すべく微笑《ほほえ》みながら疾走。

恐ろしく速いっ！

猛火に身を焦がす石蛇は苦しみで魔力を放出させながらも大口を開け、魔力を集束し始める。迎撃するつもりなのだ。

私は『雷神化』して十字雷槍《らいそう》を顕現。突撃態勢を取り――魔剣を握る手に遮られる。

「リディヤさんっ⁉」「大丈夫よ、カレン。見てなさい」

怪物の口に灰光が揺らめき、

「撃たせないわぁ★」

細剣を持つフィアーヌ様の姿が消えた。

遅れて甲高い音が空間一帯に響き渡り、

『！？！！』

頭から尾までを貫通された石蛇が更なる業火《ごうか》に呑みこまれ――完全に消滅した。

弱っていたとはいえ、各都市で私達を苦しめてきた『石蛇』をこうもあっさりと……。

私が唖然《あぜん》としていると、炎の中でも微笑みを崩されないフィアーヌ・リンスター副公爵夫人が細剣を無造作に振るわれた。瞬時に業火が消え去る。

「フィアーヌ叔母様は強いわよ。幼い頃から御母様の稽古相手だったらしいし」

リディヤさんが事情を口にされながら、光属性中級魔法『光神探波』を発動。

光波が空間を走り——途中で弾《はじ》かれる。

「探知魔法は駄目ね。あいつやシェリルならどうにかするのだろうけど、私の光魔法じゃどうにもならないわ。……でも」

「はい」

私は紅髪の公女殿下に大きく頷《うなず》いた。——遠い。

けど、兄さんの魔力を微かに……ほんの微かにだが感じ取れる。

舞台中央の地面に触れられ、リサさんが口を開かれた。

「リディヤ、カレン。アレンとステラの魔力は感知出来る？」

「あいつのだけは。辛《かろ》うじてですが」「地下のようです」

「そう……困ったわね」

大陸にその名を知らぬ者がいない前『剣姫』様が美貌を曇らせ、魔剣を一閃《いっせん》された。炎が結界を形成する。

「フィアの予想は当たっていたわ。封印書庫はもう死んでいる。石板の機能は完全に停止し、報告にあった『大樹守《たいじゅまも》り』ルミル・ウォーカーの遺書すらも読めない状況よ。アレン達を捜し出すのはかなりの難儀ね」

「「………」」

私達は言葉を発することが出来ない。……兄さん、ステラ。

唇を噛《か》み締《し》めていると、フィアーヌさんが舞台の端へ歩いていかれ、谷を覗き込まれた。

「何も見えないわねぇ。……しかも～」

「「っ⁉」」

暴風が炎結界を無理矢理こじ開け、リディヤさんの紅髪と私の灰銀髪を靡《なび》かせた。

フィアーヌさんが頭上で羽ばたく百頭近い相手を細剣で示される。

「新手みたい」

長い首に四翼。口には鋭い嘴《くちばし》。身に帯びる強大な魔力。

私は困惑しつつ零《こぼ》す。

「茨の……蒼翠《そうすい》グリフォン？」

リサさんが魔剣に指を走らせ、リンスター公爵家の誇る秘伝『紅剣《くけん》』を発動させた。

「大樹の自衛機能よ。私も古い文献でしか読んだことはないけれど」

「百年前も大きな被害を出した、と昔教えてもらったわぁ——みんな、躱《かわ》してっ！」

私達は即座に散開。

降り注ぐ風属性中級魔法『風神槍《ふうじんそう》』の雨を躱す。兄さんなら平然と魔法介入するのだろうけど、実戦であんな精緻な制御をしたら命が幾つあっても足りない。

次いで、茨グリフォン達が次々と口を開け放ってきた風属性上級魔法『嵐帝竜巻《らんていたつまき》』を十字雷槍で薙ぎ払い、突撃を敢行する。

数発の竜巻を左手で握り潰し、リディヤさんが魔剣を片手に跳び出してきた。

「カレン、遅れるんじゃないわよっ！」「言われなくてもっ！」

魔法が通じないことに苛立《いらだ》ったのか、一部の茨グリフォンが暴風を身体《からだ》に纏《まと》い私達目掛けて急降下してきた。

——好機！

私は先行する一頭目の羽へ十字雷槍を全力で振り下ろし、風魔法ごと両断。

二属性魔法『天風飛跳《てんぷうひちょう》』を発動し、体勢を崩した茨グリフォンを蹴って更に上へ。

「これでっ！！！！」

雷刃を複数に分けて振り下ろし、刺し貫く。

——雷属性上級魔法『雷帝乱舞』を多重発動。

紫電が空間を走り、まとめて葬《ほうむ》りさる。

炎羽《えんば》が舞い踊り、私の背中に温かみ。

「へぇ……少しはやるようになったじゃない」

戦術転移魔法『黒猫遊歩』で距離を詰めたリディヤさんは私を称賛しつつ、魔剣を大きく振るった。

紅閃《こうせん》が空間を駆け、後方から私を襲おうとしていた十数頭の茨グリフォンを真っ二つにした。……相変わらず出鱈目《でたらめ》ね。

それでも地面に降り立ち、リディヤさんの隣で言い放つ。

「私だって成長しています。兄さんの隣に立つのが、自分だけだと思わないでくださいっ！　勝負はまだまだこれからですっ‼」

紫電と炎羽が空中でぶつかり合う中、紅髪の公女殿下は左手を軽く振った。

「はいはい。仕方ない義妹ね」

「はい、は一回ですっ！　残りも――っ」

次々と動かなくなった物体が地面に落下し炎上。燃え尽きていく。

頭上を見上げると……数十頭いた茨グリフォンが一頭もいないっ⁉

スカートを手で押さえながら、石柱に着地されたフィアーヌ様が笑みを深められる。

「二人共も強いのね～♪　うちのリリーも大変だわぁ。ねぇねぇ、リサちゃん★」

最後の一頭の首を消滅させた公爵夫人が機先を制される。

「アレンもカレンもあげないわよ」

「え～」

「…………」

頭痛が。リンスター公爵家の人達はちょっとおかしい。

せめて、リディヤさんをからかおうと目線を動かし――

「っ⁉」

ほぼ同時に私達は顔を引《ひ》き攣《つ》らせ、底の見えない谷の間際《まぎわ》へ駆け寄った。

汚れるのも一切気にせずしゃがみ込み、精神を集中させる。

「この魔力は……」「兄さんっ！」

谷の奥底に何があるのか私は知らない。ステラの魔力も感じ取れない。

けれど、ずっと一緒だったから分かる。

兄さんが何者かと戦闘しているっ！　相手の魔力は神域化すらも貫く程に強大だ。

まさか――……天使？

リディヤさんの横顔にも強い焦燥と不安。

急いで助けに――

「「っ⁉」」「あらあら～？」

天井、地面から茨が伸び、舞台上空で巨大な七本首のグリフォンを形作っていく。

猛火が頬を掠《かす》め、何の躊躇《ちゅうちょ》もなくリサさんが『火焔鳥』を叩《たた》きこみ――無数の重なった『盾』により殆どを喪うも阻《はば》まれる。

『血塗《ちまみ》れ姫』の魔法を防ぎ切った⁉

私が愕然《がくぜん》としていると、当の御本人は冷静に評される。

「大樹が『石蛇』の残滓《ざんし》を逆に喰《く》らったみたいね。一時的かつ稚拙な『光盾』と『蘇生』でも、無尽蔵の魔力と結びつくと厄介だわ――フィア、リディヤ」

「ええ」「はい」

二人のリンスターが身体強化を重ね掛け。

細剣が紅光を帯び、魔剣を後ろ手に持ち替える。

リサさんの剣も深紅に染まっていき、当然のような要求。

「カレン――最後の一撃は任せるわ」

「は、はいっ！」

私は制帽を直し、全身の雷を最大まで活性化させた。

『～～～～！！！！！！』

戦闘態勢を整えた七本首の茨グリフォンがけたたましく叫ぶや、フィアさんの姿が視界から掻《か》き消《き》えた。

灰光を頭上で不気味に輝かせ、数百の『盾』が結集。

どういう原理で移動したのか、天井を蹴って奇襲をしかけた『微笑み姫』の全力突きとぶつかり、大衝撃波を発生させた。死した封印書庫が更なる破壊に震える。

フィアさんの唇が歪《ゆが》む。

「堅いわね～。――……でも」

いきなり周囲に顕現した十数本の炎の細剣が『盾』の一点に突き刺さる。

「やりようはあるわ★」

七本首グリフォンが身体中から炎を吹き出し、よろめく。

「リディヤ、左よっ！」「分かってますっ！」

リンスターの母と娘が空中を閃駆《せんく》。

交差しながら、『紅剣』で左右の三本首を切り飛ばした。

「今よっ！　カレン‼」「行きますっ！！！！」

地面を思いっきり蹴り、一直線に最後の首へと十字雷槍《らいそう》を突き立て――

「はぁぁぁぁ！！！！！！！！！！」


全身の雷を集め、再生しようとしている茨グリフォンを縦に両断する。

二羽《わ》の『火焔鳥《かえんちょう》』と数えきれない炎の細剣は空間を圧し――同時に直撃。消滅させた。

リディヤさんが近くに降り立ち、したり顔で幾度も頷いた。

「ま、これくらいは当然ね。だって、むぐ」「その先は言わせませんっ！」

すぐさま口元を押さえる。

でも、これで兄さんを助けに――地面が激しく鳴動した。

「な、何、っ⁉」「谷を塞いで？　しかも、こ、この魔力は……」

大樹の枝と根が蠢《うごめ》き四方の谷に大きく開いた地下への谷を塞ぎ、茨で覆っていく。

それだけでなく全滅させた茨グリフォン達も次々と生み出し、私達を包囲する。

数が多い……短時間での突破は困難だ。

フィアさんが深刻そうに考え込まれ、左手を振って炎結界を発動。

もう一人の美女へ話しかけられた。

「リサ」「……ええ、フィア」

何時《いつ》になく厳しい声だ。まさか。

魔剣を持った右手を真横に出し、リサさんが私達に命じられる。

「リディヤ、カレン、一旦撤退するわ」

「っ⁉ 御母様っ！」「リサ様っ！」

私達は激しく動揺し、詰め寄ろうとし——気付く。

『血塗れ姫』と畏怖される王国最強剣士の肩は小さく震えていた。

「地下で何があって、何がいるかは分からない。けれど大樹の魔力が変容した。私達を強く拒絶しているわ。突破したとしても退路を断たれたら……全滅の可能性がある」

長い紅髪を振り乱し、リディヤさんが悲痛に訴える。私も同じ表情なのだろう。

「でも……あいつがっ！ アレンがっ‼」

「兄さんは戦っていますっ！ もしかしたら、教授の仰《おっしゃ》っていた『天使』か……『悪魔』なのかもしれません。助けにいかないとっ‼」

フィアさんが頭を振られ、私達を諭してきた。

「リディヤちゃん、カレンちゃん。今は退きましょう。状況が余りにも不確定過ぎるわ」

「…………くっ」

私達は項垂《うなだ》れる。

肩に手を添えられた。……兄さん、ステラ。

「アレンのことよ。ステラを守りつつ、自分の身も守っているのでしょう。あの子も一連の事件を経て大きく成長した。貴女《あなた》達を悲しませはしないわ。絶対にね。でも、脱出路を見つける余裕はきっとない。地上に戻って、私達が見つけ出してあげないと」

「…………はい」

今は一刻も早く地上へ戻って――

「また守護獣達が来るわっ！」

フィアさんの鋭い注意喚起で思考が強制的に遮断され、数に物を言わせた暴風によって炎結界が突破された。

数百頭に及ぶ茨グリフォンの群れが私達へ急降下してくる。

――地上へ戻るのはもう少しだけ時間が必要なようだった。

純白と漆黒の四翼を羽ばたかせ、ステラ・ハワード公女殿下の身体《からだ》を乗っ取った白黒の天使が僕へ猛然と襲い掛かって来る。

美しい白金の薄蒼髪《うすあおがみ》も白髪と黒髪に変化。蒼のリボンが解《ほど》けて宙高く舞い、破れた白の魔法衣が黒風を纏《まと》う。

『竜』『悪魔』『吸血鬼』『勇者』『魔王』――そして【魔女】。

天使が右手に持つ漆黒に染まった蒼薔薇《あおばら》の剣から発せられる魔力は最凶種のもの。

吹《ふ》き荒《すさ》ぶ氷嵐に王宮地下の廃廟堂《はいびょうどう》周辺を埋め尽くす白と黒の花弁が砕け散る。

攻撃魔法は撃てない。ステラは僕の教え子なのだ。受け切るしか――右手薬指の指輪が瞬《また》き、五百年前の英雄【双天】リナリア・エーテルハートの声が冷徹な忠告をくれる。

『貴方《あなた》の魔力だと死ぬわよ？　躱《かわ》しなさい、狼《おおかみ》族のアレン』

「リナリア!?　くっ！」

咄嗟《とっさ》に魔杖《まじょう》『銀華《ぎんか》』を振るい、連戦で乏しい魔力で光属性初級魔法『光神散鏡《こうじんさんきょう》』と

『光神閃波《こうじんせんぱ》』を同時発動。眩《まばゆ》い光を乱反射させて、天使の視界を奪い全力で後退する。

『…………』

深白と深黒の双眸《そうぼう》を細め、天使は剣を真横に振るい、次いで凍結した黒光を湛《たた》えている宝珠のついた魔杖を掲げ地面へ叩きつけた。

死の十字架が空間を駆け、罪なき花々を散らし、廃廟堂跡に更なる破壊を振りまく。

「〜〜〜⁉」

悲鳴をあげながら地面を転がり、僕は折れた石柱の陰に隠れた。封印書庫で『氷剣翼持つ石蛇』と戦闘して間がなく余裕がない。右手の腕輪も魔力が切れてしまっている。

息を荒く吐きながら、氷鏡で状況をすぐさま確認。

「うそ、だろ」

信じ難《がた》いことに、地面に突き刺さっていた無数の黒槍すらも一部が切断されている。

二百年前の魔王戦争でレティシア・ルブフェーラ様が『魔王』から奪い取った魔槍【揺蕩《たゆた》いし散月《さんげつ》】。その力を用いた裏秘伝『星槍《せいそう》』で、これか。

レティ様との模擬戦時にはリリーさんの助けを借り、リディヤと魔力を繋《つな》ぎ、リナリアの秘呪で辛《かろ》うじて押し返せた。……忠告がなかったら。

漂う光鏡の中、天使は空中で双眸を閉じ、剣と魔杖をだらりと下げて静かに四翼を羽ばたかせている。

その姿は氷風に靡《なび》く長い髪と白の魔法衣が合わさり、恐ろしくも美しい。

問題は逃走すらも難しいこと。ステラに本気で攻撃魔法を撃てる自信もない。

打開出来る可能性があるとすれば……

「蒼薔薇の剣、か」

見入られたように廃廟の石壇から剣を引き抜いた結果、ステラは意識を乗っ取られた。

状況を鑑《かんが》みるに、此処《ここ》は何かしらの儀式場。

そして、相手は……レティ様が打倒し封じた八翼の『悪魔』だろう。

翼の数と色が異なるのは分からない。分からないが。

『堕《お》ちた天使』

エリーの父親『大樹守《たいじゅまも》り』ルミル・ウォーカーは封印書庫の遺書でそう書き残していた。

あの切迫感からして、天使を地上へ出すわけにはいかない。

どうにか剣を引き離さないと……。

突然、天使が魔杖を真正面に突き出した。漆黒の氷風が渦を巻く。何を？

訝《いぶか》し気に警戒していると——地下空間全体が揺らいだ。

辺りに漂う白と黒の光球が結集し、十三枚の輝く『楯《たて》』を形成。

まるで、意思を持っているかのように旋回し、光鏡を瞬時に消滅させた。
ゆっくりと天使が双眸を開けていく。
——そこにははっきりとした苛立《いらだ》ち。
ただでさえ桁違いの魔力は更に高まり、荒れ狂う氷風は周囲を氷原へと変貌させる。
「洒落《しゃれ》にならないな……」
戦慄で頰が引《ひ》き攣《つ》ってしまう。レティ様はこれを超える相手を封じたのか。
竜、悪魔、千年を生きし魔獣『針海』。
そして、『人を理解している』という点においては最も恐ろしく……本懐を遂げたとは
いえ、僕の親友ゼルベルト・レニエが命を喪《うしな》う切っ掛けを作った吸血鬼の真祖。
それらの相手と比してなお、目の前にいる白黒の天使は恐ろしい。
剣を奪う、か。命を懸けないと無理そうだな。
脳裏に烈火のごとく怒るリディヤや、ティナ達の顔が浮かんできた。
……ごめん。でもこれは仕方ない、と思うんだ。
魔杖を強く握り締めていると、『楯』が急停止した。何を？
天使は剣と魔杖を交差させると勢いよく滑らせた。
地面が鳴動し、無数の『氷剣』と『氷棘《ひょうきょく》』が全てを圧するように出現。

「こ、この魔法は！」

両足に風魔法を発動。魔杖の穂先に炎を纏わせ、隙間を縫うように駆ける。

戦術禁忌魔法『炎魔殲剣《えんませんけん》』を模倣したのかっ⁉

突き出された氷の剣身を蹴り、氷棘を魔杖で払う。長くは保《も》たない。

――背筋に極大の悪寒《おかん》。

「っ⁉」

背後から渦を巻き振り下ろされた天使の剣を『銀華』で辛うじて受け流し、幾つかの魔法を静謐《せいひつ》発動させる。空中に形成した氷鏡を蹴り、後方へ跳躍する。

信じられない程に重い一撃。反応出来たのはリディヤとの基礎訓練のお陰でしかない。

体勢を整える間もなく、穂先に黒き氷刃《ひょうじん》を形成させた魔杖からは神速の突き。

十三枚の『楯』も僕を容赦なく切り刻もうと襲い掛かる。

魔杖が僕の胴体を貫通し――光鏡が砕け散り、閃光《せんこう》を放つ。目眩《めくら》ましは実戦において有効な戦術なのだ。

その間に僕は氷剣と氷棘の隙間へと降り立ち、再び身を隠した。

空中では不思議そうに自らの手を天使が見つめ、首を傾《かし》げている。

「剣技、魔法共にほぼ隙無し。しかも……」

剣身を纏う漆黒の光はますます力を増し、魔杖の凍結した黒き宝珠は闇色に染まる。

白と黒と——そして蒼混じりの氷風が勢いを増していく。

口の中が乾くのを覚えながら、僕は呆《あき》れ果《は》てた。

「身体が馴染《なじ》んでいないでこれ、か」

右手薬指の指輪は先程から明滅し『撤退！　撤退‼　撤退!!!』と忠告中だ。

心中で逡巡《しゅんじゅん》が渦を巻く。……リナリアは正しい。

僕だけで天使に抗するのは自殺行為だ。

でも、あの時——僕やリディヤを守る為《ため》、ゼルは吸血鬼の真祖イドリスが最期《さいご》に放った大規模召喚魔法との対峙《たいじ》を選んだ。

ここで逃げたとして、ステラをすぐ捕捉出来る保証は何処《どこ》にも存在しない。

往々にして圧倒的な暴威を振るう怪物達は一ヶ所に留《とど》まらず、だからこそ——僕の親友は長い長い旅をした。

『迷った時、最後に決める一押しは何時だって未来の自分の姿だ。そして、倒れる時はただ前に！　古い考えかもしれないけどな』

——……そうだね、ゼル。

ステラ・ハワードは僕の教え子。為《な》すべきことは揺るがない。

彼女を助ける。ただそれだけだ！

不退転の覚悟を改めて固め、白黒の天使を睨《にら》みつける。

まだ気付かれていない。磨き続けた静謐性《せいひっせい》は僕を助けてくれているのだ。

二度通じずとも一度だけなら。

『…………』

天使は瞳に微《かす》かな苛立ちを浮かべた。

蒼薔薇の剣を無造作に薙《な》ぐと『楯』が重なり、変容していく。

出現したのは数えきれない『白黒混じりの蒼雪花』。

「リリーさんの使う魔法に似て？　――そうか。これが本来の大魔法『光盾《こうじゅん》』」

最後まで呟《つぶや》くことは叶《かな》わず、頭上からより鋭い形へ変貌した雪花が降り注ぐ。

限界近くまで魔力感知を行使。

氷剣や氷棘をあっさりと切り裂く攻撃を躱し、必死に目的地――廃墟《はいきょ》と化した廟の跡地へ走り続ける。

もう少し……もう少しっ。頬を冷たい氷風が撫《な》でた。

眼前に神々《こうごう》しいまでに整った天使の美貌。剣を振りかざしている。

いけない。このままだと死ぬ。直感に従い全力で真横へ大跳躍。

天使の斬撃が空間を走り、躱した筈《はず》なのに袖の一部を切断された。

指を鳴らし、魔法とも言えない小さな光球を蒼薔薇の剣へぶつけると、剣身を覆う透明の氷刃が露《あら》わになり——すぐさま消えた。ゼル、そして妹のカレンが使う技に似ている。

片膝をつき、僕は顔を歪《ゆが》めた。

「未知の氷属性禁忌魔法。攻防一体な本物の『光楯』。そこに不可視の氷刃。ハハハ……ここまで差がつくと笑うしかないいや」

上空の天使は何も答えず、冷静に僕の様子を観察している。

斬撃の速度も、『楯』を動かす精度も増している。次は躱せても、その次は。

視界の外れに、柱や地面に突き刺さる無傷の『星槍』が見えた。

……賭けるしかないいっ。

ふっ、と息を吐き天使を囲むように先程展開させていた魔法を超高速発動！

地面の氷剣や氷棘から植物の枝が出現し、蒼薔薇の剣と魔杖、四肢に纏わりつこうと空中を突進した。

だが、花を模した『楯』が光芒《こうぼう》を残しながら即座に迎撃、一本たりとも届かない。

——想定通り。

その間に僕は柱の残骸に突き刺さる『星槍』へと辿《たど》り着《つ》いていた。

迎撃を終えた天使が口を開く。
『……神在りし時代の残滓《ざんし》……』
大変気になる言葉だが、今はステラを救う以外、全て些事《さじ》っ！
意を決して黒槍《こくそう》に手を伸ばす。
「うぐっ！」
最初に感じたのは尋常ではない激痛。桁違いの魔力の奔流だ。
改めて『彗星《すいせい》』レティシア・ルブフェーラ様の偉大さを思い知らされる。
歯を食い縛って激痛に耐え――僕は魔杖《まじょう》と槍《やり》を重ね合わせる。
魔力が渦を巻き、宝珠の鋭い光を乱反射させ、凍結した花々を照らした。
天使の顔に驚きが現れる。
「やってみるもんですよね」
手の中の槍が魔杖に吸い込まれ、完全に消え去る。
――『銀華《ぎんか》』が魔力を喰《く》らったのだ。
恐ろしく効率が悪く、身体《からだ》の痛み具合を考えれば不等価交換も良《い》いところ。二本目を使うのは、とてもじゃないが不可能だろう。

だけど——僕は最初に砕かれた光鏡に潜ませておいた魔法式を発動。

各攻撃魔法の中でも最速を誇る、光属性初級魔法『光神弾《こうじんだん》』で天使を取り囲み、当てないよう牽制《けんせい》に徹しつつ、戦術転移魔法『黒猫遊歩』で頭上へ遷移。

真上に貫通特化の雷属性上級魔法『迅雷牙槍《じんらいがそう》』を発動させ、光弾迎撃でやや薄くなった『楯《たて》』へと突き立てる。

上級魔法一発程度でどうこう出来はせず、雷が急速に力を喪っていく。

——でも、十分っ！

残滓と謂《い》えど、今まで『光盾』は散々見て来ているのだ。

押し通るっ！！！！！

生き物のように形を変える魔法式へ無理矢理介入し——強引に突破。

蒼氷《そうひょう》の楯が砕け、頬を斬り裂くも手を伸ばし、驚きで白黒の双眸《そうぼう》を見開いている少女の右手を摑《つか》み、叫ぶ。

「**ステラっ！！！！**」

僕を突こうとする左手の魔杖の動きが、ピタリ、と止まった。

光弾の迎撃を終えた『楯』も停止したようだ。

だが、介入した魔法式は抵抗を止めていない。もう一度全力で叫ぶ。

「ステラっ！！！！　**起きてくださいっ！！！！**」

瞳の色が、どんな女性にも負けない綺麗《きれい》な蒼《あお》へと戻っていく。

状況が理解出来ていないようで、不思議そうに小首を傾げた。

「アレン……さま？　わ、私、どうして？　いったい何が――……あ」

魔風が吹き、ステラの胸ポケットから以前僕が贈った蒼翠《そうすい》グリフォンの羽根を吹き飛ばした。少女の顔が絶望に歪む。

「⁉」

瞬間――魔法式の圧力が桁違いに強まり、瞳も深黒と深白へ。

何もない空間から氷枝が僕の右腕に絡《から》みつく。

「しまっ――がっ！」

空中に身体が放り出され、十三枚の『楯』が殺到してくる。

ゆっくりと流れる時の中、僕は親友のお説教を思い出していた。

『相棒、お前には『歩みを止めない』っていう、とんでもない才がある。だけど、戦場の勇士にはまるで向いてない。……優し過ぎるんだ。『全員を救うことは出来ない』と誰よりも理解しながら、お前はきっと真っ先に手を伸ばす。伸ばしてしまう。自らを犠牲にして、な。そいつは得難《えがた》い美徳だが、悪徳にもなるんだぜ？　この世に純粋な悪人ってのはそこまで多くない。最後の最後でお前はきっと躊躇《ためら》うだろうさ。だから、な？　荒事は炎の姫さんや腹黒姫さん――そして、俺に任せておけよ』

いや、そうは言ってもさ、ゼル。

リディヤやシェリルには怒られるかもしれないけれど、僕だって男なんだよ。仕方ないじゃないか。

……結局君と別れて以来、成長していないのかもしれないね。

苦笑する僕の視界は白、黒、蒼の光に包み込まれた。

抵抗すら出来ず意識が刈り取られていく。

眼《め》すらも開けられないが不思議と痛みはない。手から魔杖が滑り落ちる。

光に包まれて落下する中、感じたのはゆっくりと近づいて来る殺意無き気配。

『……【鍵】……』

静かな独白が耳朶《じだ》を打つと共に、僕は完全に気を喪《うしな》った。

＊

『遅いっ！』

『⁉』

訓練用の剣で十数の魔法障壁を切り裂かれた長い金髪の美少女は驚きながらも、大きく距離を取った。王立学校の冬季制服が拍子で風をはらむ。

王立学校の訓練場中央に立つ、同じく制帽制服姿の紅髪美少女――リディヤ・リンスター公女殿下が不敵に笑った。入学試験で会った時よりも髪が伸びたなぁ。

あの頃より、リディヤはずっと強くなった。魔法も使えるようになったし……。

「魔法障壁を模擬剣で斬った⁉」「嘘《うそ》だよな？」「あ、あり得ない……そんなこと、出来るわけが」「いやでも『剣姫』様だし？」「あの御方に常識なんて通じないわ」「下僕の狼《おおかみ》族――……アレンとかいう奴《やつ》がいないな。あんな奴が飛び級なのはおかしいっ！」

二人の対決を見学する為、観戦席に集まって来ている生徒達の感想が耳に入ってきた。

……ごめんなさい。下僕じゃないけれど、僕は一応ここにいます。

飛び級の件はリディヤとシェリル、決定した学校長に文句を言ってください。

席の最後方に認識阻害魔法をかけていると、紅髪の美少女が剣を突き付けた。

静謐《せいひつ》発動中の風魔法で十分声は聞こえる。

『ぬるいわね。「ちょっと話があるの」と言うから付き合ってあげたのに……この程度なわけ？　式典続きで鈍っているんじゃないの？　シェリル・ウェインライト王女殿下！ま、私は昨日を除いて、この一週間訓練を欠かさなかったし、当然ね♪』

友人の物言いに一瞬、ムッとしながらもウェインライト王国の王女様はスカートの埃《ほこり》を手で優雅に払い、制帽の位置を直した。僕の隣でちょこんと座っている、普段はシェリルに付き従う白狼《はくろう》のシフォンが尻尾を大きく揺らす。冬毛でもふもふだ。

『リディヤ、その式典には貴女《あなた》も参加予定、と聞いていたのだけれど？　敢《あ》えて……敢えて聞くわ。いったい誰と訓練していたの？　まさか――……『アレンと二人きり』だなんて言わないわよね？』

金髪美少女が目線をゆっくりと観客席最上部へ向けてきた。

位置はバレていない……筈。何となく目線を泳がす。

この一週間は昨日を除いて、朝晩とリディヤの訓練に付き合っていた。

リディヤがわざとらしく細い指を顎につけ、小首を傾《かし》げる。仕草だけなら妹のカレンに匹敵するくらい可愛《かわい》い。

『え？　教える義理が何処《どこ》にあるの？？　私に隠れて、あいつを学外へ連れ出そうとしていた清純を装《よそお》うお腹《なか》真っ黒な泥棒猫に？？？』

訓練場の重厚な結界が軋《きし》んだ。
数えきれない光球が渦を巻き、シェリルの手に集まっていく。……うわ。
心を落ち着かせる為《ため》、白狼の頭を撫《な》で回《まわ》す。この子に今まで何度救われたことか。
王女殿下が勢いよく右手を払った。手の中には輝く光剣。
『……どうやら手加減は必要ないみたいね？　この抜け駆け公女っ！』
『手加減は格上が言う台詞《せりふ》よ？　今日こそ決着をつけてあげるわっ！』
リディヤが大火球を放ち、シェリルはそれを光剣で両断。
訓練場が激しく揺れた。
二人は接近戦へと移行し、剣と蹴り、炎弾と光弾がぶつかり合い破壊を拡大していく。
見学していた生徒達は顔を引《ひ》き攣《つ》らせ、一部が逃げ出し始めた。
「はぁ……あの二人は本当に」
僕は訓練場へ降りるべく欄干に手をかけた。
――石柱の陰から軽い声が耳朶を打つ。
「待った。待て、待つんだ！　アレン」
「……ゼル？」
訝《いぶか》し気に目をやると、王立学校で一人しかいない同性の友人兼同期生――ゼルベルト・

レニエが立っていた。制帽に制服。外套《がいとう》までは僕と一緒の格好だが、細い眼鏡をかけ、腰には古めかしい大小の魔剣を提げている。

僕やリディヤ、シェリルよりも二つ年上の十六歳ながら、背はそこまで高くなく、手足も細い。もっと言えば肌だって雪のように白い。

けれど――人は見かけによらず、リディヤ、シェリルに非公式戦では勝ち越す程の魔剣士だ。後ろで軽く結わえた薄茶髪を弄《いじ》くりながら、図書館帰りの親友が同色の瞳を瞑《つぶ》る。

「なぁ？　ここで何時《いっ》も如《ごと》く、王女様と公女様を止めるのは些《いささ》か野暮ってやつだと思わないか？」

「……ふむむ？　その心を一つ御教示くださいますか？　ゼルベルト・レニエ男爵様」

訓練場内では破壊がますます進んでいる。

観戦席を守る石壁には罅《ひび》が走り、地面のそこかしこに大穴。

そろそろ学校長が泣きついてくる頃だと思うんだけど……。

ゼルが僕の肩に手を回し、頬《ほ》っぺたを突いて来る。

「おいおい――止《や》めてくれよ。爵位で呼ばれると身体《からだ》が痒《かゆ》くなってくる。地位も領土もない、書類上の古臭い称号を口にするなんて、アレンは悪い奴だっ！　この、このっ」

「え～。事実じゃないかぁ。で、理由は？」

王都に来て以来、その手の話では数えきれないくらい嫌な目にあった。

獣人に対する差別意識は根深い。僕は狼族の養子かつ『姓無し』だから猶更《なおさら》だ。

リディヤとシェリル――そして極めて異例ながら、王国の南東に位置する『連邦』より転入してきたこの親友がいなかったら、東都へ戻っていたかもしれない。

僕を解放し、今度はシフォンに抱き着き「よぉ、わんこ。元気かー？」「わふっ！」と会話を交わす恩人がもっともらしく説明してくれる。

「簡単な話だ――暴虐の権化《ごんげ》でありながら、根っから寂しがり屋なリディヤ・リンスター公女殿下と、品行方正の皮を被《かぶ》りつつも内実は真っ黒策士なシェリル・ウェインライト王女殿下がほぼ一週間ぶりにああして旧交を温めている。それを途中で止めて良いんだろうか？　否《いな》っ！　絶対に否っ‼」

訓練場に巻き起こる光と炎の嵐を背にしつつ、ゼルが立ち上がった。

拳を力強く握り締め、リディヤが大嫌いな悪い顔。

「拳でしか分かり合えない事だってあるっ！　訓練場が完全に崩壊する前には『大魔導』様がどうにかしてくださるだろうさ」

王立学校長であるロッド卿《きょう》は、二百年前の魔王戦争にも従軍された大魔法士だ。

毎回『一般人』でしかない僕があの二人を止めているのは変なのかも？

リディヤに吹き飛ばされ、新しい魔法を空中で紡《つむ》いでいるシェリルを確認し、僕は答えを口にした。

「一理……はないかもしれないけど、半理くらいはあるかも？」

「だろう？　そうだろう？？」

「で？　本心は？？」

前傾姿勢を取り、リディヤが光弾の嵐を無視して楽しそうに突撃していく。

シフォンを解放し、ゼルは欄干に背をつけた。大袈裟《おおげさ》に両手を広げる。

「俺は数少ない友人と駄弁《だべ》りながら美味《うま》い珈琲《コーヒー》を飲みたい。――で、それを後から聞いて心底悔しがるあの二人をからかいたい！　他に理由が必要か？」

「……また、そうやって命知らずなことを。あと、昨日も一緒に話したような？」

お互い、古書や魔法書を読むのが趣味なこともあって、平日はほぼ毎日行動を共にしている。初めて会った場所も王立学校の図書館だった。

「人生には諧謔《かいぎゃく》が必要なんだよ、相棒。そして、気の合う友との話は尽きない――古《いにしえ》からそう決まっているっ！　奢《おご》ってくれるなら更に良《い》いっ‼」

訓練場内に閃光《せんこう》が走った。シェリルの時間稼ぎだ。

――複数の魔力が動く気配。

観客席が大きくどよめく。「あ、あれって……」「ま、魔法生物の狼？」「あんな数を同時に生み出せるなんて……」「どういう魔法制御をされているのっ⁉」「信じられない」

追い詰めながら勝ちきれなかったリディヤが厳しい顔になり、何故《なぜ》か此方《こちら》へ鋭い視線を叩《たた》きつけてくる。……シェリルに新魔法を教えたことはバレてない。まだバレてない。

精神安定の為、シフォンの背中を撫でつつ呆《あき》れる。

「……ゼル、僕も他人様《ひとさま》の事はどうこう言えないけれど……もしかして、また古い魔法書を買ったの？」

レニエ家は古い古い家柄の男爵家。

リディヤの話だと『昔々王命で他国へ移住した家の一つ』。

血統はゼル以外途絶え家格も下がり切ってるらしいけど、腐っても貴族なのだ。

決して裕福とは言えない僕にたかるのはちょっと……。

ゼルが無駄にカッコよく細眼鏡の位置を直した。

「ふっ……アレン、お前なら分かってくれるだろ？　良い本との出会いは一期一会《いちごいちえ》！

『欲しい』と思った時には買っていたっ‼　後悔はない。……大分毎日のスープが薄くなった気もするが」

「……程々にねー」

訓練場内では、リディヤに対し百を超える『狼』が代わる代わる攻撃をしかけ、そこに光弾の嵐が容赦なく追撃を行っている。

制帽とスカートの埃を手で払い、シェリルが優雅に口元を覆った。

『あら？　さっきまでの勢いはどうしたのかしらぁ、リディヤ・リンスター公女殿下？？

アレンがいないからって、泣いちゃダメよ★』

『………ちっ』

地面に転がり剣を横薙《な》ぎ。魔法生物を斬り飛ばしたリディヤが体勢を立て直し、光弾を大炎波で一掃し怒りの咆哮《ほうこう》をあげた。

『魔法生物の数でちまちま押すなんて……汚いわよっ！　恥を知りなさいっ、恥をっ!!

この腹黒王女っ!!!』

シェリルが両手を合わせ、満開の花のような笑み。

『残念でしたっ！　この戦術を教えてくれたのはアレンよっ！　今度伝えておくわね★

きっと観客席にいてくれるし……シフォンと一緒かしら？』

「………」

頭を抱えてしゃがみ込む。

——馬鹿。僕の大馬鹿っ！

シフォンと一緒にいたら気づかれるのも当然じゃないかっ！　この子に罪はない。

そのまま白狼に抱き着くと「？」不思議そうな顔。……この子に罪はない。

現実逃避していると、リディヤの声が上ずった。

『ふ、ふんっ。そ、そんなことで、この私が動揺するとでも――』

『隙ありっ！！！！！』『⁉』

長い金髪と光剣を輝かせ、魔法生物達と共に王女殿下が突撃を開始。

虚をつかれた公女殿下が押し込まれていく。

ゼルが欄干に腰かけ、勝ち誇る。

「ククク……予定通りだっ！　何せあの公女様ときたら、一日アレンと会わないだけで目に見えて弱体化するからなぁ……模擬戦前に昨日の話を囁《ささや》いておいて大正解だった。王女様が勝ってくれれば、今月分のパン代には困るまい」

僕はシフォンに抱き着いたまま、ジト目。

この親友はちょっとだけ……いや、結構悪い奴《やつ》なのだ。

「賭け事も程々にね。リディヤ達にバレても僕は助けられないよ」

「抜かりはないっ。生徒達の支持もあるっ！　今のところはっ‼」

至る所で衝撃が走り、いよいよ訓練場の破壊が洒落《しゃれ》にならなくなってきた。

ゼルが顎に手をやり、大人びた横顔で評する。

「ま、近づく者こそ殆《ほとん》どいないが、学内の誰しもがあの二人を気にしているんだ――『剣姫』と『光姫』という時代を代表する天才達をな」

「……入学試験でリディヤと遭遇しなかったら、僕も遠巻きに見ていただろうね」

立ち上がり僕は外套のボタンを閉めた。

つい数ヶ月前まで、身体強化魔法以外をまともに使えなかった紅髪の公女殿下は『適度な威力』の炎魔法を速射し、魔法生物達を薙ぎ払っている。

リディヤ・リンスター公女殿下は紛れもない天才なのだ。出自を考えれば僕が傍《そば》にいること自体が奇跡だと素直に思う。王女殿下のシェリルは言わずもがなだ。

シフォンを促し通路を歩き始めると、ゼルも僕の隣へ。鼻で嗤《わら》われる。

「それはないな。ないない。単純に出会う順番が逆になるだけだ。あの出鱈目《でたらめ》な天才公女殿下はお前を絶対に逃さないよ。何せ、もう見つけてしまったんだ。世界の果てまで追って来るだろうさ。『星約《せいやく》』もそう言っている」

「相変わらず大袈裟だなぁ。時々聞くけどその『星約』って何さ？」

リディヤとシェリルが大きく距離を取った。決着をつけるつもりなのだ。

親友は僕の問いに答えず、前方へ回り込むと両腰に手をつけた。

「大袈裟だと？　聞き捨てならないぞ、相棒っ！　ここ数ヶ月の間、王都で起こった各事件――お前は常に中心にいた。いい加減自覚を持てっ！　持ってくれっ‼　言っておくが、世の魔法士は『大魔導』の魔法に介入して消したりはしない」

「……えっと」

答える前に轟音《ごうおん》が訓練場内を揺るがした。

光と炎混じりの突風が結界を貫き、未《いま》だ踏み留《とど》まっている生徒達が必死に魔法障壁を張っていく。

僕も制帽を押さえ、左手を軽く握って暴風を制御し、周囲を落ち着かせた。

そろそろ終わり――制帽をなくし、制服を土埃《つちぼこり》で汚した今回は劣勢な紅髪の公女殿下と視線が交錯。艶《つや》やかな唇が動く。

『がんばれ、って言って！』

認識阻害魔法は依然として発動中で、視《み》えていない筈《はず》なんだけどなぁ。

シェリルにはちょっとだけ申し訳ないけど、一言で勝負は決まらないだろうし許してもらおう。風魔法で伝言を送る。

『がんばれ、リディヤ！』

少女は身体を震わせ——顔を伏せた。猛烈な勢いで炎が光を駆逐していく。

自らの優勢を確信していた金髪の王女殿下が戸惑う。

『……どういうこと？　リディヤ、いったい何をしたの⁉』

『悪いわね、シェリル——此処《ここ》からが本番よっ！！！！』

『っ！？！！』

じゃれ合いが再開され、訓練場が崩壊していく。……ちょっと張り切り過ぎかも？

ゼルが眼鏡を外し、目元を押さえた。

「……現時点であの依存度。アレンと結婚出来なかったらどうなることやら……いや、実はこの過度な依存、これこそ世界の危機なのではないか？　王女殿下にせめて、あの半分……いや、十分の一でも積極性があれば分散も……でもなぁ、初心《うぶ》な奥手だからなぁ……腹黒策士なのに」

随分と深刻そうに炎風が吹く中でぶつぶつ。きっと、次回どうすれば被害を最小限に収められるかを考えているに違いない。

普段は軽薄な所もあるけれど、僕の親友はとても真面目で信頼出来る男なのだ。

シフォンが『主様《あるじ》の所へ行っていいですか？』と見つめて来たので、頭を優しく撫《な》でて送り出す。あの子なら二人の間に入っても大丈夫だ。

黙考を終えたゼルが眼鏡をかけ直した。

「色々と考えてみたんだが、やはり――俺には珈琲を奢ってもらう権利があるっ！　少しは年上を労《いた》われっ‼　怪物魔法士っ‼」

「……どういう思考の帰結さ」

苦笑し、訓練場を確認する。

白狼《はくろう》が一転窮地に陥ったシェリルへ駆け寄り、リディヤが文句を言っているのが見えた。

確かに割って入るのは野暮かもしれないや。

僕はゼルの背中を叩く。

「何だかんだ楽しそうだし、二人は置いて行こう。何時《いつ》もの店で良いよね？」

＊

「あ～……甘さが身体《からだ》に染《し》み渡《わた》る。生きてきて良かった………これを食べる為《ため》に俺は今日まで生きてきたっ！」

王都西通り近く、空色屋根のカフェ。

蜂蜜漬け果実のタルトを一口食べるやいなや、ゼルは椅子の背もたれに身体を預け歓喜を露《あら》わにした。

冷え込んでいるせいもあってか、珍しく店内に人気《ひとけ》は疎《まば》ら。

カウンター内で作業中の渋い男性マスターにも聞こえたようで、軽く会釈《えしゃく》してくれたのが少しだけ気恥ずかしい。僕は紅茶を一口飲む。

「……ゼル、毎回ちょっと大袈裟《おおげさ》だよ？」

テーブル上にはタルトとクッキー。ミルクと砂糖の入った珈琲《コーヒー》カップとティーポット。

「本心だ。まごうことなき本心なんだ！」

小さなフォークを動かし、親友が力説を開始した。リディヤがいたら『普段は人をからかってばかりなのに』と呆れそうな勢いだ。

「王国生まれの人間には理解し難《がた》いと思うが、こんなに美味《うま》い菓子を珈琲付きで食べようと思ったら……それはもう大変なんだぞ？　大事だ。俺は大陸各国を巡って来たが、こと『食』の面で匹敵するのは辛《かろ》うじて水都くらいだろうな。冬でも店に入ればこうして暖かいのも大したもんだ」

確かにカフェの店内はしっかりと暖房が効いている。

北方では建物内に張り巡らせた金属管へお湯を通す、と文献で読んだけれど、王都で専ら使われているのは炎の魔石。過半は王国南方産らしい。

ゼルが珈琲を飲み「……少し苦いか」と零《こぼ》し、ミルクと砂糖を足した。

「客観的に見て、魔王の治める地を除けば、ウェインライト王国が大陸西方最優国家なのは間違いない。北方のユースティン帝国はララノア共和国と飽きもせず睨《にら》み合《あ》っているし、『白金豚』皇帝も歳《とし》を喰《く》った。侯国連合はエトナ、ザナの二侯国を喪《うしな》ってもなお豊かだが、如何《いかん》せん纏《まと》まりに欠く。統領や副統領をはじめとして、人材は多いんだがな。連邦は数十年に亘《わた》って内部で政治抗争に勤《いそ》しみ、自由都市群は表向き中立を堅持中——」

「地図を出すね」

カップを持ったまま、僕は自作の光魔法を発動。

テーブル中央に大陸西方の地図を浮かび上がらせ、国名も光らせてみる。ゼルは『波乱万丈なんて言葉、俺の人生に比べればぬるい、生ぬるいっ！』と豪語する程の放浪を経て王都へやって来たらしいので、こういう話を聞くのはとても楽しい。

タルトをフォークでかき、年上の同期生が話を続ける。

「聖霊騎士団領と東方諸国家に到《いた》っては、未《いま》だに上層部が『聖霊の為にっ！』だからな。本当に芸がない。冗談抜きでこの瞬間に『魔王』が西征を再開したら、長命種の古老連中が動かない限り人族は負けるぞ？」

薄茶の瞳を深刻そうに細めるその姿は老成していて、十六歳とは思えない。

シェリル曰《いわ》く――『レニエさんは絶対年齢を詐称しています』。

博覧強記でリディヤに匹敵する程の魔剣士。しかも、出自が奇妙。

警戒する気持ちも分かるけれど、目の前で心底嬉《うれ》しそうにタルトを頬張る顔に嘘《うそ》偽りはないとも思う。

何より……ゼルは出会って以来、僕を、僕達を助けてくれた。

思い出しただけで身が竦《すく》む黒竜戦を生き残れたのは、『勇者』様とこの年上同期生がいてくれたお陰だ。

ただ――僕を買《か》い被《かぶ》り過ぎなのはちょっとだけ困ってしまう。

頬杖《ほおづえ》をつき、投影した地図を消す。

「そんな大きな話を振られても答えようがないよ。僕は王立学校の一生徒なんだし。各国の話は聞いてて面白いけどさ」

カップをゆっくりと置き、ゼルはクッキーを齧《かじ》った。

眼鏡を直し、深刻そうに頭を振る。

「王国最大の欠点を忘れていた」

「うん？」

外の通りを次々と王立学校の生徒達が、冬の風を受けながら歩いて行く。

中には薄青髪が印象的な、さっきまで訓練場で観戦していた留学生の姿もある。確か名前は……ニケ・ニッティだったかな？

どうやら、リディヤとシェリルのじゃれ合いが終わったみたいだ。

薄茶髪の年上同期生が行儀悪く手でタルトを取った。

「俺の親友なんだがな？『狼《おおかみ》族のアレン』というとんでもない奴《やつ》がいるんだ。後十年……いや早ければ三年で大陸屈指の魔法士になる。この国はそんな天与の人材を在野に放り出しているっ！　嘆かわしいっ‼　馬鹿げているっ‼‼　とっとと爵位を……そうだな。悪徳貴族共を雑に一掃し、最低でも伯爵位。出来れば紅髪の嫁さんを貰《もら》って侯爵位以上に就けば大半の問題は解決するのに、だっ！」

タルトを口へ放り込み、不機嫌そうに珈琲を飲み干す。

僕の親友は美形なので、こういう仕草も絵になる。

「昔はどうあれ、今の獣人族に対する蔑み故、お前を登用出来ないとしたら後世の人間は激しく憤《いきどお》るだろうさ。『王国の分岐点はそこにあった！』とっ！」

獣人族に対する偏見は根深く、そう易々《やすやす》と払拭《ふっしょく》は出来ない。

王立学校へ入学したがっている妹がこっちへ来る頃までに、多少は改善されると良《い》いな。

僕はカウンター内のマスターへ、手で珈琲とタルトのお代わりをお願いした。

「タルト分の誉《ほ》め言葉として受け取っておくよ」

「馬鹿野郎っ！　俺は本気だ。本気なんだぞ？」

入り口の扉に付けてある鈴が音を立て、毛糸帽子と外套《がいとう》を着こんだ数名のリンスター公爵家メイドさん達と、エルフの女性護衛官さん達が来店した。二人がやって来るようだ。

珈琲を飲み干してしまったゼルが眼鏡を外し、レンズを布で拭き始めた。

「慣例を鑑《かんが》みれば来年以降、光の姫様は他国へ――おそらくは水都辺りへ留学。紅の姫さんとお前は大学校へ飛び級だろう。通うのは二年か、三年か……」

マスターがやって来て食べ終えたお皿を片付け、新しい珈琲とタルト、そして注文していない砂糖の塗《まぶ》してある焼き菓子をテーブルへ置いてくれた。

驚いてまじまじと顔を見つめると「試作中なのですが、よろしければ。ごゆっくり」と穏やかに告げて戻って行く。カッコいい人だなぁ。

ゼルが眼鏡をかけ直し、秀麗な顔を僕へ向けた。

「その間に何かしら公的地位が与えられるなら良し。リンスター公爵家に婿入りも可。そうじゃなかったら、俺と一緒に他国へ出るのも手だぞ？　ララノアとかどうだ？？　獣人に対する差別は王国程強くないし、お前ならトントン拍子に出世も出来るっ！　――美味いな、この焼き菓子」

僕はカップへ紅茶を足す。

――……『公的地位』もしくは『リンスター公爵家へ婿入り』か。

この二百年の間、平民で爵位を得たのは数える程。

最高位は一代限りの子爵で、今となっては獣人族の間ですら名前を忘れ去られ、辛うじて知られているのは『銀狼』という異名を持つ狼族だった、ということだけ。

狂える竜を討ち、王国を救ってなお、そうなのだ。全く現実味がない。

「話が遠大だよ。……今の僕にとって重要なのはこっちなんだ」

ここ数ヶ月、試作を繰り返していた雷属性魔法を描く。

行儀悪くタルトを手にしたゼルが目を瞬《しばたた》かせる。

「これは？」

「今度、妹が誕生日なんだけど……物以外にも贈り物をしたくてさ」

東都にいる妹のカレンは僕と違って魔力量も多く、その身に雷を纏う『雷神化』という技を練習中だ。短剣等《など》を媒介にすれば必ず魔力で『雷刃』を作り出せると確信している。

問題は……早口でゼルに説明する。

「君の得意技の『魔刃』が土台になっているんだ。ほら？　魔力を剣に纏わせて射程を伸ばすあれだよ。渡しちゃっても、いいかな……？　あ、不快だったら違う魔法を考えるっ！　でも、妹の得意属性と相性が凄《すご》く良いから出来れば」

親友の反応がない。

目線を向けると、ゼルは口元を押さえていた。

「ぷっ……くっくっくっ………」

余程面白いらしく、一向に肩の震えが収まらない。

紅茶を飲み干し、ジト目。

「ゼル？」

ようやく落ち着いた親友は目元の涙を指で拭った。

左手を振りニヤニヤ。

「いや、すまんすまん。真剣な顔して何を言い出すのか、と思ったら……ぶふっ」

「……そんなに笑う話かなぁ？」

僕としては随分と悩んだのだ。一ヶ月程言い出せなかったくらいには。

美形の同期生が片目を瞑《つぶ》った。

「問題ない。『レニエ』は今や俺一人だ。……何《いず》れ絶える。その系譜に列《つら》なる技が親友の妹さんへと伝わるんだぞ？　こんなに愉快な話はないっ！　存分に使ってくれ」

「……ゼル」

胸がジンとし、僕は泣きそうになるのを堪《こら》えた。

貴族と狼族の養子で『姓無し』、身分差は恐ろしく大きい。

けれど……リディヤとシェリル、そして、ゼルだけは僕の味方なのだ。

辛うじてお礼を言葉にする。

「あ、ありがとう」

「気にしてくれるな、相棒。こいつはレニエの家にとっても──俺にとっても誉《ほまれ》だっ！

何れ歴史が証明してくれるさ」

普段通りの大仰な物言いで、心が落ち着いてきた。

ゼルはこの口調で随分と得も損もしていると思う。口には出さないけれど。

「……で？　そっちの話は？　新しく手に入れた本は何なのさ？」

「クックックッ……聞いてくれるかっ！　見てくれっ！」

細眼鏡が妖しく光り、年上の同期生は鞄《かばん》から一冊の古びた小冊子を取り出した。

表紙は布製で、知らない幾つかの紋章が描かれている。

……大きな鳥と七頭の獣？　かな？？

「所々欠損してるが、大した代物だぞ？　南方にアトラス侯国という小国があるんだが……そこを治める侯爵家書庫から盗み出された報告書の写しだ。金目の物と勘違いしたんだろうな。王都の裏市場へ流れてきたのを偶然買った。年代はざっと五百年は遡る」

「五百年って……随分と古いね。内容は?」

大陸動乱時代、か。王立学校の図書館にもない品だ。

ゼルが両手を組む。

「まだ読めていない。競売場では『月神教外典問答集《つきがみきょうげてん》』となっていた。ああ、『月神教』っていうのは、連邦や自由都市の一部で細々と続いている古い宗教だ」

「へぇ……」

僕は小冊子へ目を落とす。

魔力は一切感じられない。危ない品じゃなさそうだ。

「ゼル、読み終えたら僕にも貸して――」

やや乱暴に入り口の鈴が鳴り、紅髪を束ねた公女殿下と長い金髪の王女殿下が入って来た。足下には身体《からだ》を字義通り小さくしたシフォンもいる。

カウンター内のマスターは手慣れた様子で、新しい紅茶とタルトを用意し始めた。リディヤとシェリルは、基本的に僕と同じ物を頼む。

小冊子をゼルが鞄へ仕舞っていると、まずリディヤがテーブルへ到着。

「——……詰めて」

コートを脱ごうともせず、拗《す》ねた口調で僕をソファーの奥へ押しやり座った。肩が当たるとかなり冷えている。

温度調節魔法で周囲を温めていると、リディヤが睨《にら》んできた。

「……で？　貴方《あなた》達は何をしていたのかしら？」

「「…………」」

ゼルと僕は無言で目配せをし合う。

先に二人でカフェへ来たのを怒っているようだ。

軽い衝撃が走り、シェリルがリディヤの隣へ腰かけた。

「レニエさん、説明をお願いします。アレンを唆《そそのか》したのは貴方ですよね？」

居たたまれず店内を見渡すと、リンスターのメイドさん達と女性護衛官の人達が楽しそうに歓談していた。シフォンもその近くで丸くなっている。あっちは平和だ。

ゼルが両手を前へ出した。

「落ち着け。落ち着いてくれよ、御姫さん方。理由は単純明快だ。単に俺がアレンと駄弁《だべ》りたかった。まさか——それすらも『禁止っ！』だなんて、王女殿下は言わないだろ？

そっちの紅の姫さんは言うかもしれないが……」

「い、言いませんよっ！」「……喧嘩《けんか》なら買うわよ、詐欺師眼鏡っ！」

王女殿下が慌てて否定する中、公女殿下の鋭い視線が美形の同期生に突き刺さる。

普通の学生なら震え上がる所だろうけど……

「こえーこえー。幾ら俺がアレンの下宿先に時々泊まっていて、自分は一度も泊まったことがないからって、この機に乗じて怒りをぶつけるのは違うんじゃないか？」

「「…………」」

ゼルベルト・レニエには通じない。

僕の親友は二人をからかうのが大好きなのだ。でも……その話題はまずい。

リディヤは王都下町にある僕の下宿先へ『泊まりに行きたいっ！』と常々要求していて、目下最大の攻防事案なのだ。

案の定、炎だけでなく光も舞い始める。……ゼルも分かっているだろうに。

僕は指を鳴らした。二人から漏れ出した魔力が消える。

「……ちょっと」「止めないでっ、アレンっ！」

リディヤとシェリルが抗議してきたので、人差し指を立て注意。

「店内で魔法は駄目です」

「「う～‼」」

王国でも指折りの貴種たる少女達は頰を栗鼠《りす》のように膨らませ、唸《うな》った。

素晴らしい機に「紅茶とタルトです。ごゆっくり」とマスターがリディヤ達の分のお茶を運んできてくれた。流石《さすが》過ぎる。

ゼルが立ち上がって外套を羽織り、大小の魔剣を腰へ提げた。

「俺はこの後さっきの小冊子絡《がら》みでちょっと行く所があるんだ。アレン、話の続きは今晩な。御馳走《ごちそう》さん」

リディヤとシェリルへ紅茶を淹《い》れながら、僕は首肯。

学校長に許可を貰《もら》い、今晩一緒に王立学校図書館へ行く予定なのだ。

「うん、また後で。あ、軽食をマスターに頼んでおいたから、持って帰ってね」

「おお！　助かるっ‼　持つべきは出来た親友だなっ!!!」

嬉《うれ》しそうに顔を綻ばせ、手を振ってゼルはカウンターへと歩いて行く。

カレンへの魔法代と考えれば、お茶代と夜食は不当に安いな。また、今度美味《おい》しい物を御馳走しよう、うん。

僕が近い将来の予定を決めていると、少女達は呟《つぶや》いた。

「……続きは」「今晩、ですって……？」

立ち上がって制帽とコートを脱いで掛け、前のソファーへ座り直した。

リディヤとシェリルが微笑《ほほえ》んでくる。

「さ、説明しなさい」「大丈夫よ、アレン。時間はたっぷりとあるから★」

「……ハハハ」

乾いた笑いが口から洩《も》れ、僕は視線を泳がせた。

鈴が鳴り、ゼルがカフェの外へと出ていくのが見える。

――その横顔は厳しく、少しだけ寂しそうだった。

＊

「いいかね、アレン君？　入学試験後も、入学式の際も……私は君にこう言っただろう？『リディヤ・リンスター公女殿下とシェリル・ウェインライト王女殿下が学内で起こすだろう件に関しては、君に全て一任する』と。……忘れた、なぞとは言わせんぞ」

その日の晩。僕は王立学校の学校長室に呼び出されていた。希書、古書が無造作に置かれていて目移りしてしまう。

そんな中、豪華な椅子に腰かけ、執務机へ行儀悪く片肘をつけている、齢《よわい》二百歳を超えている老エルフ──『大魔導』ロッド卿《きょう》は疲労と苛立《いらだ》ちを隠そうともしていない。

先程まで、リディヤとシェリルの模擬戦で破損した訓練場を修復していたそうだ。

……ちょっとだけ後ろめたい。

唆したゼルも、図書館から引っ張って来るべきだったかも？

窓の外に浮かぶ不気味な紅《あか》い月を見つめながら、僕は頷《うなず》く。

「はい、ちゃんと覚えていますよ、学校長」

「ならば、何故《なぜ》今日の衝突を止めてくれなかったっ！　あの二人が今年だけで何度訓練場を半壊させたとっ⁉　……少しは老体を労《いた》わる心を持ってくれ」

目元を指で押し、王国屈指の大魔法士様が哀願される。

えーっと……僕は指を折って回数を数え、力強く告げた。

「大丈夫です。まだ両手で数えられますっ！　常日頃、『私は若い！』と公言もされているじゃないですか‼　それにリディヤ達も加減を覚えた、と思いませんか？　最近は殆《ほとん》ど初級魔法だけです」

「……程度問題、という単語が世にはあるのだぞ？　極致魔法と上級魔法を使わずとも、私の結界を剣で斬り、打撃と蹴りで大穴を開ける子達なのだ。しかも、君の指導のよろしきで日々威力と魔法制御を向上させている」

苦々し気に息を吐き、『処置無し』とばかりに両手を大きく振られた。

机を指で叩《たた》きながら詰《なじ》られる。

「君がいるからこそ彼女達は加減をする。いなければ済《な》し崩《くず》しだっ。最近ではあろうことか、シフォンまでもが悪い影響を受けている。責任を取り給《たま》え、責任をっ！」

そう言われてもなぁ。

一先《ひとま》ず可能な譲歩案を提示しておく。

「シフォンには言っておきます」

「肝心の二人が抜けているが？」

学校長が僕をギロリ。

……リディヤと組んで挑んだ入学試験の模擬戦以来、どうもこの人には買《か》い被《かぶ》られているような？

「『剣姫』様と『光姫』様に僕がお説教しても効果は薄いですよ。拗ねられたり、怒ったりするだけです。やはり、『大魔導』ロッド卿からの有難《ありがた》い訓示を何卒《なにとぞ》！」

「……どうやら、私と君との間には深刻極まりない認識の齟齬《そご》があるようだ。まぁいい。二人には明日注意を頼む」

「了解です」

明日にでも念押ししておこう。

……リディヤはむくれそうだけど。

『いいわ。でも、今度あんたの下宿先に私を泊めなさいっ！　ゼルベルト・レニエに許しておいて、御主人様を蔑《ないがし》ろにするのは許され難《がた》い大罪よ？　猛省しなさいっ！　……へ、変な事したら、斬って燃やすから』

一言一句、容易に想像できる。

今度、南都のリサ・リンスター公爵夫人に相談してみようかな。

僕が腐れ縁、と言ってよい関係性になってしまった、少しだけ年上で背も高い公女殿下への対応を考えていると、学校長が話題を変えられた。

「あ～……ゼルベルト――……レニエ男爵は一緒じゃなかったのかね？」

転入当時からそうだけど、妙に親し気だ。

違和感は覚えているも、理由が未《いま》だに分からない。古い同士の繋《つな》がりなのかな。

「一緒ですよ。単純に逃げられました」

「……明日の朝一で必ず私の下へ来るよう伝言を頼む……」

僕はキョトンとし、目を瞬《しばたた》かせた。すぐ呼んで来るよう指示されるかと。

「今晩じゃなくて良いんですか？」

「もう夜も更《ふ》けた。明日でいい」

学校長は淡々と答えられながら左手で机を再度叩かれた。

魔法で背後のカーテンが閉まる。見事な制御《しか》！

内心で興奮していると、老エルフは顔を顰《しか》められた。

「君達も早く帰りたまえよ。……今宵《こよい》は紅月が出ている。若い者達は知らぬだろうが、私が若輩だった頃、古老達によくこう言われたものだ」

幼い頃の記憶が鮮やかに思い出される。

次の瞬間――自然と口に出た。

「『紅月の夜に外へ出てはいけない。怖い怖い魔女や吸血鬼がやって来るから』」

「……君、こんな古い伝承を何処《どこ》で知ったのだ？」

学校長がまじまじと僕を見つめられた。かなり驚かれているようだ。

両拳を軽く握り、微笑む。

「子供の頃、父に教えてもらいました。でも、王立学校は大樹と学校長の結界で守られていますし、安全ですね」

「そう買い被ってくれるな。……私は所詮死に損ないに過ぎんよ」

何時《いつ》になく沈んだ声色。

僅か十四年しか生きていない僕は戸惑う他なく、二百年以上を生きる大魔法士様が何を経験されてきたのか、想像するのも難しい。

言葉を待っていると、学校長が目元を手で覆われた。

「……愚痴だ。忘れてくれ。冬季休暇へ入る前に大学校入学の件で呼び出す。忌々《いまいま》しいが、あの若造──前王宮魔法士筆頭であり、まぁそれなりにやる『教授』と引き合わせねばならぬ。リディヤ・リンスター、ゼルベルト・レニエも同席だ。君が来ないと話が進まんからな」

学校長室を出て、長い廊下を階段に向かって一人で歩いて行く。

闇の中、月光と魔力灯に照らされる大樹は東都のそれより小さくとも郷愁を誘う。

階段の直前でぴょこんと、年上の親友が顔を出した。手には革製の鞄《かばん》を持っている。

「よぉ、お疲れ！　随分絞られたなー」

「──……ゼル」

すぐさま間合いを詰め、シェリルに習った掌底を放つ。予想通り躱《かわ》されたので、身体強化と風魔法を併用して身体《からだ》を半回転させ、足を振り下ろす。

「ぬぉっ⁉」

さしものゼルも驚いて身体を後方へ傾け、拍子に鞄が倒れた。

着地し、首を狙って手刀を放つも距離を更に取られる。

僕は微笑み呪詛《じゅそ》を吐き出す。

「逃げたなぁ……友人を見捨てて、逃げたなぁぁぁ………」

「お、おおぅ……」

顔を引《ひ》き攣《つ》らせながらもゼルは制帽と細眼鏡の位置を直し、コートをはたいた。

大小の魔剣が音を立てる。

「フ……フフフ……ふっはっはっはっ！　逃げる、とは心外だっ‼　これは戦略的転進であって逃げたわけじゃないのだよ、狼《おおかみ》族のアレン君？」

「詭弁《きべん》が過ぎるっ！」

「適材適所、という言葉を学べたな、少年よっ！　俺に感謝し夕飯を奢《おご》るといいっ‼」

「ぐうぅ……」

呻《うめ》いていると、ゼルの姿が消え――すぐさま肩を軽く叩かれた。

転移魔法を使ったわけじゃなく、単純な体術なのだが全く反応出来ない。

――『緩』と『急』。

魔剣士ゼルベルト・レニエの実力は、『剣姫』と『光姫』に匹敵する。

「ま、そう怒るなよ、相棒。ロッド卿はあれでお前を物凄《ものすご》く気に入っているんだぞ？　じゃなきゃ、わざわざ呼び出したりしない。で……逆に俺は疎《うと》まれてこそいないものの、厄介者扱いはされている。いない方が短く済むってもんだ。経済的だろ？」

「……明日の朝一で、顔を出せってさ」

憮然《ぶぜん》としながら言伝《ことづて》を通達。

するとゼルは体勢を変えて前へ回り込み、両肩へ手を置いた。

余程顔を出したくないようで、眼鏡の奥の瞳は必死だ。

「ア、アレン！　お、俺達は無二の友だよな？　なっ⁉」

「……ついさっきまではね」

「冷たいっ！　狼族の英雄候補様が俺に冷たいっ‼」

呆《あき》れながら、浮遊魔法を発動。

鞄をぷかぷかと浮かせ、ゼルへと押し付ける。

「狼族の英雄って……人違いだよ。あと『紅月が出ているから今晩は早めに帰れ』ってさ」

「ん？　……ああ、そうか。今晩は紅月だったな……」

ゼルは大樹を紅く染めている三日月を見つめ、漏らす。やけに寂しそうな横顔だ。

僕が黙っていると、背中を叩かれた。

「帰ろうぜ。何しろ学校長様の御言葉だからな。あんまり気分の良い夜《い》じゃ――……」

「ゼル？」

突然口籠った青年が大樹の根元を凝視している。

釣られて僕も視線を送るも、何も見えない。

……微《かす》かに複数の魔力を感じるような、感じないような。

「あ、あいつは、あいつはっ！　……くそっ！」

「ゼ、ゼル、待っ――」

ゼルは鞄を廊下へ放り出し、制帽が落ちるのも気にせず、大小の魔剣を抜き放つ。

そして、窓硝子《ガラス》を斬りつけるや止める間もなく紅月の夜へと飛び出した。

……い、いったい何が？

リディヤに付き合って来たせいだろう。混乱しつつも身体は勝手に動いた。

窓硝子を潜《くぐ》り抜《ぬ》け、尋常じゃない様子だった親友を追って外へ。

浮遊魔法を発動させて地上へ降り立ち駆け、大樹近くへ到《いた》ると強い違和感を覚えた。

王宮に匹敵する警備体制の王立学校内で……人払いの結界だって⁉

異常事態に動揺を覚えていると、大樹の根元近くで戦闘態勢を取る親友へ追いついた。

——大樹の根元には影が二つ。フード付きローブを着ているようだ。

まず一つ目の影が消える。辛《かろ》うじて魔法式の断片らしき『花弁』は見えたものの、解析するには今の僕じゃ情報量がまるで足りないし、再現も出来そうにない。

二つ目の影も歩き出そうとし——

「**待てっ！！！！！**」

ゼルが聞いたことのない怒声をあげて跳躍し、影の背に躊躇《ちゅうちょ》なく斬撃を浴びせた。

空間を紅光が圧《お》し、精緻な魔法障壁で二つの刃《やいば》が停止する。桁違いの魔力だ。

以前、僕達が遭遇した黒竜に比べれば幾分劣るものの……人ではない。

嫌そうに振り返ったフード姿の影へ親友が問う。

「故地である東方へ去った貴様がどうして……何故《なぜ》こんな場所にいるっ。先程までいた男は何者だっ！　いったい何を企《たくら》んで、くそっ！」

障壁に弾《はじ》かれ、ゼルが後退を強いられる。僕は動けない。

大樹の枝の隙間から月光が差し込み、フード下の顔を曝《さら》した。

白髪に紅眼。皺《しわ》枯れ老いた顔。

一見、人族の男性のようだが……魔力の底が見えない。

掠《かす》れた冷たい声が耳朶《じだ》を打つ。

「――……ああ。血河とラノアで殺し損ねたレニエの餓鬼か。先の大戦から二百年は経《た》っているだろうに……『星約《せいやく》』を違《たが》えてまでまだ醜く生き延びていたとは。矮小《わいしょう》劣弱な人の身でありながらよくやるものだ。正気の沙汰ではないが」

「質問に答えろっ！！！！」

ゼルは身体強化魔法を増幅させ、低い姿勢で突進。

右の魔剣で障壁を切断し、左の短剣が纏《まと》う魔力を一気に変容させて、刃で老人を刺し貫かんとする。

――月夜に鮮血が散った。

左手を貫かれ後ろへ後退した老人が怒気を発する。

「……相も変わらず鬱陶しい餓鬼だ。折角良い月が出ているというのに。二百年前と百年前に拾った命、この場で改めて散らしておくか？　最早《もはや》我も老いた。血を呑《の》んだとて力が戻るわけでもないのだが」

「っ！」

ゼルが剣を引き、上空から襲い掛かってきた細見の影を迎撃した。

剣同士がぶつかり合い、お互い距離を取る。

……二百年前と百年前？　血だって？

じ、じゃあ、この老人とゼルは。

「────」

僕が介入の機を喪《うしな》う中、長い白髪に黒眼《くろめ》の美少女が老人を守るように降り立った。

均整の取れた肢体に纏うのは黒のドレス。手に古い剣を持ち、背には黒き双翼。

口元に鋭く尖《とが》った犬歯が見て取れるが……生気はなく、無感情だ。

──……『悪魔』？　それとも『吸血鬼』？？

手の傷を魔法も使わずに癒《いや》した老人がゼルを称賛する。

「ほぉ……我が眷属《けんぞく》の攻撃を受け流すとはな。多少やるようになったか。だが、やはりこの場で貴様とやり合う理由が全くない。残念ながら『芽』は未《いま》だ満たず、【星約】により『器』には立ち入れない。面倒な連中が集まれば老いた我では手に余ろう」

不気味な影が広がっていく。

その中に消えて行く老人へゼルが距離を詰める。

「待てっ、イドリス！！！！　妹を……クロエを解放しろっ！！！！！」

……妹？

影の中に老人が消えるや、背筋に寒気が走った。

「っ⁉」「アレンっ！」

黒衣の美少女は僕へ目標を変更し、古い剣を振るう。

無数の魔刃が枝分かれし、生きているかのように襲い掛かり——

「あら？　私がいない場所で——物騒な女に襲われているじゃないっ！」

飛翔《ひしょう》した炎属性極致魔法『火焔鳥《かえんちょう》』は全てを呑《の》みこみ、焼き払う。

直後、剣を手に持つ紅髪の美少女——リディヤ・リンスター公女殿下が僕の前へと跳躍してきた。屋敷《やしき》へ帰った筈《はず》なのに制服姿。正門で僕を待ち伏せしようとしていたらしい。

肩越しに詰《なじ》られる。

「まったくっ！　再教育が必要かしらねぇぇ……寛大な私だって怒るわよ？」

「リ、リディヤ、落ち着いて」

「……ふんだっ」

炎を撒《ま》き散《ち》らし、黒翼を持つ少女は空中から僕達を睥睨《へいげい》した。

背に血の双翼が加わり四翼へ変容している。

リディヤが離れた場所のゼルを叱咤《しった》する。

「ゼルベルト・レニエ！　呆《ほう》けているんじゃないわよっ‼　あんたの事情は知らないし、

興味もないけれど、泣くのは後にしなさいっ‼」
「――……分かっているっ」
戦意を取り戻した親友が大小の魔剣を構え直す。
表情を歪《ゆが》め、少女の残酷な真実について教えてくれる。
「外見に惑わされるなよ？　相手は史上唯一の『悪魔』にして『吸血姫』。名はクロエ
……俺の妹であり、許嫁《いいなずけ》だっ。お前達でも容易に死ぬ。ロッドが来るまで粘れっ！」

＊

意識がゆっくりと覚醒していく。

……懐《なつ》かしい……………とても懐かしい夢だった。

普段は意図的に思い出さないようにしている、苦く未だ癒えきっていない親友との別離、その始まりの記憶。今の僕ならば理解不能だった魔法式を解析出来るかもしれないし、言葉の意味も解読出来るかもしれない。……だけど。

『いい加減、乗り越えないと駄目だぞっ！　頑張れ、狼《おおかみ》族のアレンっ‼』

心中の親友が僕を叱咤してくる。

……分かってる、分かってるよ、ゼル。向き合う時がきたのかもしれないね。

あの晩、大樹にいた謎の男が使った魔法は瞼《まぶた》の裏に焼き付いている。

水都のカーニエン侯爵夫人に対する呪い。『十日熱病』の発生分布図に現れる魔法陣。

そして、封印書庫の召喚式と酷似していた。

今まで集まった情報から導き出される答えは――『賢者』即《すなわ》ち『月神教の背教者』。

そう言えば例の小冊子はゼルの遺品の中になかったな。

「よっと」

自分に気合を入れ、上半身を起こす。ステラのリボンが何故か置かれていたので、ハンカチに包み仕舞う。

痛みは一切ないが……魔杖《まじょう》『銀華《ぎんか》』はなく、僕を倒した天使の姿もない。

……どうにか、あの子を救い出して地上へ戻らないと。

立ち上がって周囲を見渡し言葉を完全に喪う。

「…………っ」

広がっていたのは一面の花々。

幻想的な翡翠《ひすい》色の光がふわふわと飛び交う中、白と黒の雪花が揺れ、その中心には先程まで絶対になかった若木。

桁違いの魔力を放出する度、花が支配領域を広げていく。

周囲に『星槍《せいそう》』が列《つら》なっているところから見ると……廃廟堂《はいびょうどう》を呑みこんだのか？

一歩進むごとに花弁が舞い上がり神聖さを増していく。

「大樹の若木？　しかも、この光景は……」

侯国連合の水都。水竜が降臨せし地。

リディヤの誕生日に僕はその中心部を花で覆い尽くした。その光景とそっくりだ。

右腕を振り、腕輪から炎花を展開させようとするも消えた。

「神域化がさっきよりも進んでいる？　……エリーの御両親が遺《のこ》してくれた魔法が大樹に本来の力を与えたのか？」

これ程の力が王都を覆えば、生半可な呪詛《じゅそ》では何も力を発揮出来なかっただろう。

問題は過度な神聖さ。水都では人の立ち入りすら困難になっている程だ。

どう抑えて——……『大樹守り《たいじゅまも》』や『樹守《きもり》』と呼ばれる人達は、この力の管理者でもあったのか。と、なると大事だ。

『人為的な神域化』

水都のように限定的なら対処出来るが、溜《た》め込まれた魔力を流し込まれた王都の大樹が力を発揮したら……まずい。

内ポケットの懐中時計を取り出し、僕は蓋を開けた。時計の針が停《と》まっている。

「……リディヤに怒られるなぁ」

独白し歩みを進めていく。

そもそも、僕達がやって来た理由――ステラがここ数ヶ月間、悩まされてきた光属性が強まる原因不明な体調不良。それを治す方法に対する花竜の託宣を思い出す。

『【星射《う》ち】の娘に尋ね、【楯《たて》】の都――【記録者】の封印書庫を『最後の鍵』『白の聖女』『大樹守りの幼子』で降りよ。深部にて汝等《なんじら》は邂逅《かいこう》せん。矮小なる人の執念に』

今の所、状況は極めて悪い。

封印書庫には『賢者』の残した罠《わな》。エリーと別れ、ステラは蒼薔薇《あおばら》の剣に魅入られて白黒の天使に身体《からだ》を乗っ取られた。

けど、同時に確信もある。

竜は人と違い嘘《うそ》をつかない。つく必要がないからだ。

予定通りではなかったものの、僕とステラは深部に辿《たど》り着《つ》いている。

必ず治す方法は見つかって――目を開けていられない程の突風が吹き荒れた。

咄嗟《とっさ》に両手で防御すると、目の前に誰かが降り立つ気配を感じた。身体が強張《こわば》る。

――若木の傍《そば》で白黒の天使が深黒と深白の瞳でじっと僕を見つめていた。

破けていた白衣はどういう原理なのか真新しくなっていて、禍々《まがまが》しさの抜けた蒼薔薇の剣と魔杖は、『銀華』と共に頭上を漂っている。

『………』

天使がゆっくりと手を翳《かざ》すと――地面から木製のベンチが組み上がった。

そして、半ばから分かれている白髪と黒髪と四翼を動かしながら、僕を見た。

敵意はなく魔法発動の兆候もない。恐る恐る尋ねる。

「す、座ればいい、のかな?」

こくり、と無表情な天使は頷《うなず》いた。

覚悟を固めてベンチに腰かけると――

「へっ? え、えーっと……?」

隣に座った天使が僕の手を引き、自分の膝へ頭を乗せて撫《な》で始めた。

小さく歌う度、花々がざわめき、光と闇を内在させた雪華が躍る。

どうやら、先程の突発的な戦いに対する謝罪のようだ。

……こういう時は抵抗しない方が良《い》い。

為《な》すがままにされながら質問。

「君が僕の傷を癒してくれたのかな？」

すると、天使は僕の頬に触れ――信じられない規模の治癒魔法を発動してみせた。

この魔法式、『光盾《こうじゅん》』が応用されて？

「あ、ありがとう。出来れば此処《ここ》から出してほしいんだけど……」

頭を撫でていた天使の手が止まる。

不服そうに僕の右手首へ触れると、

『…………』「あ！」

腕輪が外れ、黒翼の中へと隠してしまった。

『分かれた家の子と『剣姫』の力はなくていい。私達が守ってあげる』

前半はともかく、後半はどういう意味だ？

脳裏に記憶していると今度は右手薬指へ手が伸びてきた。

『エーテルハートの【魔女】も意地悪だからきらい。……私の方が強い』

外そうとするも、バチッ！　と音が立つ。眉が微《かす》かに動いた。

如何《いか》な天使と謂《い》えども、リナリアの指輪は外せないらしい。苦笑して謝る。

「これを着けた人は意地悪な人でね。外したいけど、外れないんだ」

『……きらい』

四翼をはためかせて花を散らし、何もない左手薬指に自分の指を滑らす。

深白と深黒の瞳に敬意と羨望《せんぼう》——微かな嫉妬。

『紅《あか》い髪の子と『氷鶴《ひょうかく》』に愛された子はずるい。……でも仕方ない』

今までの物言いと腕輪を外した行動。

もしかして、ステラの記憶が共有されて？

天使は上半身を倒し整った顔を僕の間近に近づけ、左頬に手を重ねた。

『貴方《あなた》は【鍵】。星の約を果たし、乱れた律を整える存在』

『星約《せいやく》』——時折、ゼルが口にしていた言葉だ。

詳しく教えてもらう前にあいつは逝《い》ってしまった。この子も同じ意味の言葉を？

戸惑っていると、顔に冷たさを感じた。

——天使の双眸《そうぼう》から涙が零《こぼ》れ落《お》ちる。

『でも、力が足りていない。『器』は小さく、受け止めきれない。きっと……きっと、途中で死んでしまう…………。私を最期まで救おうとしてくれた、誰よりも勇敢で、誰よりも優しかった銀の狼さんみたいに』

──……銀の狼だって？

もしかして、百年前の事件でこの子を救おうとした存在は、獣人でありながら武功を重ね爵位を得たという忘れ去られた英雄？

身体を起こそうとすると、若木が光を明滅させた。

地面を揺らし──茨が蠢《うごめ》き、周囲を守るかのように覆っていく。

「！　た、大樹がっ⁉」

天使が手を外して浮かびあがった。

驚く僕へ視線を合わせ、美しく、儚《はかな》く微笑《ほほえ》む。

『だから──此処で私とこの子と一緒に少しの間過ごせばいい。人の世が滅び、世界樹が根を張り、星が再生を遂げるその日まで』

動こうとするも──白黒の雪花に包囲されて果たせない。

天使が歌い、花畑が氷原へ変わっていく。

『善人に囚《とら》われた可哀想《かわいそう》な七大精霊も、律の因果に捕らわれた七竜も、『大樹守り』や『樹守』達の献身も、古《いにしえ》の時代に名も無き廃教会で託された願いも……【楯】の誓いを果たす為《ため》、全世界を欺き、各地に『天使創造』の儀式場を遺したウェインライトの家祖の執念も、今の私にはどうでもいい。『神』は消えたし、人は『悪魔』にはなれても、『天使』にはなれない。……千年以上かけても駄目だった。私でお仕舞い』

酷《ひど》く美しく、同時に物悲しい。

ただ、無表情の中に渦巻いているのは強過ぎる悔恨だ。

天使が僕の頭を抱きしめ、

『でも、『この子』の――ステラの願いを叶《かな》えることくらいは出来る。少し眠って？　自分の身を労《いた》わることを覚えて？　私達に貴方を守らせて？　私と一緒にいて？　――……お願い、です。どうか……どうか頷いてください。そうすれば、私は誰にも負けませんから』

公女殿下の懇願が耳朶《じだ》を打った。

優しい雪華が僕を包み込み、意識が遠ざかる。

「ス、テラ……」

最後に触れた少女の頬は大粒の涙で濡《ぬ》れていた。

第3章

「――……ん」

カーテン越しに冬の弱い朝陽《あさひ》を感じながら、私は目を開けました。

左隣を見ると、私に身体をくっ付けすやすやと寝ている白金の薄蒼髪《うすあおがみ》に寝癖をつけた寝間着姿のティナ。右隣には幼女のアトラが丸くなっています。

並んでいる奥のベッドは空です。……一緒の部屋で寝てたあの子がいない？

ぼんやり疑問を覚えていると、夢でも見ているのかティナが寝言を呟《つぶや》き、アトラも獣耳を動かしました。

「えへへ、リィネ、わたしのかちですぅ。せんせぃ～ほめて……」「♪」

「――……はぁ、まったくもう」

私は額を押さえながらベッドから降り、ケープを肩にかけて窓の傍へと向かいます。

早朝だというのに、私達が泊まったハワード公爵家屋敷《いえやしき》近くの通りには多数の騎士や魔法士、兵士の姿がありました。

昨晩、寝る前に受けたハワード公爵家執事のロラン・ウォーカーの報告――『封印書庫への突入は残念ながら失敗に終わった模様です』は正しかった、と。

母様とフィア叔母様、姉様とカレンさんは全員無事に帰還されたらしいのですが、封印書庫のある屋敷を大樹の茨が蹂躙《じゅうりん》。作戦決行前には探知不能だったにも拘《かか》わらず、極短期間だけ桁違いの魔力も王宮地下より観測されました。

変事は未《いま》だ継続中なのです。兄様とステラ様の無事は確認されていません。

冷えた窓硝子《ガラス》に指を滑らせていると、入り口の重厚な木製扉が静かに開きました。

「あ……お、おはようございます。リィネ御嬢様《おじょうさま》」

入って来たのは、ブロンド髪を白いリボンで結び、メイド服を身に着けた少女――ティナの専属メイドであり私の親友、エリー・ウォーカーでした。

封印書庫脱出後、ずっと意識を喪《うしな》っていたのですが血色も良さそうです。

ホッとしながら挨拶します。

「おはよう、エリー。もう起きて大丈夫なの？　無理してはいない？？」

「は、はひっ。たくさん寝たので元気一杯ですっ！」

一つ年上のメイドは髪を揺らして頷き、胸ポケットから小瓶を取り出しました。

水都神域の水が入っていた物です。

「それに……アレン先生が助けてくださったので」

使い切り幾重にも封がされているにもかかわらず、感じ取れる魔力。

魔法制御に優れるエリーだからこそ扱えたのでしょう。

……私やティナだったら、兄様は渡してくださらなかったかも。

少しだけ私が物思いに沈んでいると、ベッドを跳び降りる音が聞こえました。

「エリー！」「きゃっ」

寝癖をつけた薄蒼髪の少女が一つ年上のメイドに抱き着いてきます。

エリーの頰に両手でペタペタと触れ——満面の笑み。

アトラも起きたようで、一旦毛布の中に潜り込み顔を出しました。

「おはよう！　体調はもう大丈夫？　起こしてくれれば良かったのに……」

ティナが唇を尖《とが》らせます。まだまだ子供ですね。

対して年上の親友はニッコリと笑い、返事をしました。

「おはようございます、ティナ御嬢様。え、えっと……御二人とアトラちゃんがすやすやと眠られていたので」

「そういう時は私だけ起こせば良いのよ。リィネの寝顔を見られるじゃないっ！」

……この子ときたら。

私はベッドに腰かけ、アトラの頭を優しく撫《な》でました。嬉《うれ》しそうに獣耳が揺れます。

「首席様？　今のは聞き捨てならないですよ？」

「大丈夫です！　寝ている時のリィネ・リンスターさんが美少女なのは私も認めています。起きている時は意地悪かつ口が悪い赤髪次席さんですけど★」

本当にこの子ときたらっ。毛布を整えて立ち上がり、ポツリ。

「……夢の中でも兄様に甘えているくせに」

「!?　ななな、何で、どうして……はっ！」

途端にティナが頰を赤らめ、次いで大きな瞳を見開きました――好機。

私は隙を見せた少女へ近づき追撃します。

「あらあらぁ？　そういう夢を見ているのは認めるんですね？　今度、兄様にお伝えしておいてあげます♪」

「なっ！　は、嵌《は》めましたねっ!?　……リィネだって昨日寝る時、私の手を握って」

「あ、貴女《あなた》が先だったでしょう!?」

「「っ！」」

二人して頰を赤らめ至近距離で睨《にら》み合《あ》います。これだから首席様はっ！

年上の親友が割って入ってきました。

「あ、朝から喧嘩《けんか》をしちゃ駄目でしゅっ！　……あぅ」

「「──ぷっ」」

「テ、ティナ御嬢様、リ、リィネ御嬢様、ひ、酷いですぅ～」

普段通り噛《か》んでしまい恥ずかしがる親友を見て、私達は吹き出してしまいました。クスクスと笑っていると、強張《こわば》っていた心がほぐれていきます。

──大丈夫。

私達だって、何時《いつ》までも兄様に守られる小さな女の子じゃありません。

必ずお二人を御救い出来る筈《はず》です。

「「エリー」」「ひゃん！　ティナ御嬢様？　リィネ御嬢様？」

ティナと二人で名前を呼び、私達は親友に抱き着きました。心は一つです！

取りあえず着替えをして朝食を食べ、姉様達に合流をしないと──

「おはよ～ございますぅ…………」

開けっ放しの入り口から、紅髪を黒いリボンで結んだ年上メイドが入って来ました。

普段の快活さは完全に消え去り、心なしか前髪の花飾りに元気がなく、左手に付けている兄様とお揃《そろ》いの腕輪もくすんで見えます。

「リ、リリー⁉」「ど、どうしたんですか？」「た、体調が悪いんじゃ……」

私とティナは戸惑い、エリーも心配します。

「…………」

対して、私達の護衛の任に就いている従姉《いとこ》は返答しないまま、ベッドへとパタリと倒れ込み「？　！」心配そうに覗《のぞ》き込んだアトラを抱きかかえました。

髪と服が乱れるのも一切気にしていないようです。

「……最新の情報をお伝えします。昨晩、奥様とリディヤ御嬢様達《おじょうさまたち》は封印書庫で『氷剣翼持つ石蛇』の残滓《ざんし》と交戦し撃破。ですが……大樹の防衛機能が発現した為、深部への突入を断念。撤退を選択されました。地下への大穴も枝と根によって塞がれてしまったそうです。進入路としてはもう使えません。それに伴い『神域化』も進行していて……」

力なく手を振ると、リリーの浮遊魔法が発動。

脇机の通信宝珠が私の手元へやって来ました。……使えと？

目線で促されたので作動させます。反応無し。

ティナとエリーが口元を押さえました。

「宝珠が」「使えない？」

ひっくり返ってお腹《なか》の上にアトラを乗せ、リリーが話を続けます。

「現在、封印書庫近辺だけでなく、王都全域で通信網が麻痺《まひ》しています。……以前の水都と似通った現象ですね。シェリル王女殿下は魔法生物の小鳥による伝達網を構築されましたが、宝珠よりは時間を食います。王宮魔法士筆頭様と王宮魔法士達は大樹暴走に備え、王立学校へと入られました。フェリシアさん率いる『アレン商会』はリンスターの屋敷で各隊への補給を担当されています。王宮では寝ずに対策会議が行われているみたいです」

母様と叔母様に姉様とカレンさん。

王国でも屈指の実力者四人でも最深部に立ち入れないなんて。

リリーがアトラを抱きしめたまま身体《からだ》を丸めていきます。……拗《す》ねた子供みたい。

「地上に現れた大樹の茨は各隊が掃討し、現在は収まっていますが……リディヤ御嬢様の見立てでは最深部に力を集中させているだけ。しかも、アレンさん達はそこにいる、と、――……カレンさんも分かるんだそーです。万が一に備えて、各隊は厳戒態勢を依然として維持中。教授と奥様達は新たな侵入路の検討をされています」

ティナが立ち上がり、右手の甲を見せました。

――大精霊『氷鶴《ひょうかく》』の紋章が明滅し儚《はかな》い氷華《ひょうか》を発生させます。

「この子もそう言っています」「間違いないと思います」

主《あるじ》の言葉をエリーも力強く肯定します。

瞳に宿っているのは自信と勇気——微《かす》かな甘さ。

『エリーに先を越されたみたいよ？』

姉様の言葉が鮮明に蘇《よみがえ》ります。まさか、本当に兄様と魔力を？

私は年上の親友と目を合わせ、ニッコリと微笑《ほほえ》みました。

「ねぇ？　エリー……私、貴女に一つ聞いておきたいことがあるのだけれど………」

「あぅあぅ……リ、リィネ御嬢様、お、御顔が怖いですぅ」

後退《あとずさ》りしてティナの小さな背に隠れようとしますが「エリー、私も興味があるわ★」裏切られ詰め寄られています。こういう時は頼りになりますね。

「………私だって」「「？」」

私達は首を傾《かし》げ、元気のない従姉を見やりました。

次の瞬間——アトラを解放し、がばっ、と上半身を起こしました。

豊かな双丘に左手を押し付けると、腕輪が鈍い光を放ちます。

「私だって昨日までは……ぼんやりとですが分かっていたんですっ！　アレンさんが無事なことはっ‼　——……だけど…………腕輪が外れちゃったみたいで……その」

「「あ～」」

兄様とお揃いの腕輪で微かに魔力を感じ取れていたけれど、分からなくなった途端、グ

ルグルと不安になっているようです。……こういう所は姉様に似ているのかも？

でも、最近の姉様は以前よりもずっと泰然とされているし。ん～？

従姉の新たな一面を発見していると、ティナが紋章を見せ力強く励まします。

「リリーさん、大丈夫ですっ！　だって、この子もアトラも最初と違ってそこまで慌てていません‼　先生も姉様も御無事ですっ‼」

「大樹の力も暴走はしていません。凄《すご》く……静かです」

エリーも冷静に分析を提示しました。

封印書庫で、御両親とローザ・ハワード様の遺《のこ》された魔法式に触れたことで私の親友はまた一段階上へと到《いた》ったようです。

顔を伏せていたリリーが跳び上がり、

「ティナ御嬢様、エリー御嬢様ぁぁ～！」「わぷっ‼」

二人に抱き着き、頬擦りしました。

「えへへ～ありがとうございます、元気が出てきましたぁ～♪　でもこういう時、不安になっちゃうので——……アレンさんが戻られたら、魔力を繋《つな》いでもらって」

「駄目です！」「だ、駄目です！」「……リリー？」

最後までは言わせません。言わせてなるものですかっ。

そもそも――順番的にはどう考えても私の筈です。そうですっ！

従姉が頬をわざとらしく膨らませました。

「え～！　ズルいですよぉ～。あとぉ★」

すっ、と目を細めます。道化じみた表情の奥にあるのは――嫉妬。

「エリー御嬢様《おじょうさま》、アレンさんと魔力を繋がれたんですね？」

「ひぅっ！」

白いリボンを震わせ、エリーがあたふた。

ティナと私も様子を窺《うかが》います。兄様ってこの子にはとっても甘いんですよね。

両頬に指をつけ、親友の少女が薄《う》っすら頬を染め俯《うつむ》くと、白花がフワフワと漂いました。

同性ながら天使のように可愛《かわい》いです。

「え、えっと……あのその…………き、緊急事態だったので。だけど、嫌じゃなくて、凄く凄く勇気が貰《もら》えて…………えへへ♪」

「「…………」」「……先生、戻られたらお説教です」

兄様と魔力を繋いだ経験のない私とリリーは黙り込み、ティナは腕組みをして憮然《ぶぜん》としました。全面的に同意です。

紅髪の従姉が無言で窓へと歩いて行く中、私は手を軽く叩《たた》きました。

「ティナ、着替えましょう。状況が混沌《こんとん》としている以上、私達にも声がかかる可能性は高いです。エリー、手伝ってくれる？」

「……そうですね」「は、はひっ！」

思考を切り替えた薄蒼髪《うすあおがみ》の公女が同意し、親友も返事をくれました。

――外の冷気が頬を撫でます。

「リィネ御嬢様、大当たりですぅ～」

「リリー？」「？」

窓を閉め、紅髪の年上メイドが振り返りました。

その指には紅《あか》い小鳥が停《と》まっています――魔法生物。

「リディヤ御嬢様からです。『準備が整い次第、伝えた地点へ移動！　あいつとステラを救い出すわ』――場所は王都東方の丘です。簡単に食べられる物を作って来ますね♪　お腹が空《す》いていたら、力が出ませんからっ！」

＊

「つまり――ステラ・ハワードを依《よ》り代《しろ》にした『天使』顕現の可能性はあれど、百年前の事件と異なり即時『悪魔化』の可能性は低い。そう言いたいのだな？　ロッド？」

王都、ルブフェーラ公爵家屋敷《やしき》の大会議場に、ジェスパー・ウェインライト国王陛下の静かな問いかけが投げかけられる。夜通し続く会議と情勢の急速な変化に対応されていた為《ため》であろう、秀麗な御顔には多少の疲労が見て取れ、礼服にも皺《しわ》が走っている。

私――リアム・リンスターも同じような表情になっているのだろうな。軍服も同様に。

円卓中央に王都全域図を投影しながら、最新状況を説明していたエルフ族の男性魔法士――『大魔導』の異名を持つ王立学校長ロッドが首肯する。

「あくまでも『今の所』ではありますが。若造……こほん。封印書庫にて、救出部隊突入を間接的に援護していた教授も同様の見解を示しております」

会議場内に声なき呻《うめ》きが洩《も》れた。

前王宮魔法士筆頭である我が悪友の言は、魔法関連において外れることはほぼない。

――この場にいるのは僅か六名。

陛下と王位継承権を放棄されるも招集に応じられたジョン王子。

私の両隣に座る軍服を着たワルター・ハワードとレオ・ルブフェーラ両公爵。

窓際《まどぎわ》の椅子に腰かけられている神々《こうごう》しい翡翠《ひすい》髪が印象的なエルフ族の美女は、二百年前の魔王戦争では英雄『流星』の右腕として戦場を疾駆し、百年前の事件においては八翼の『悪魔』を王宮地下へと封じた英雄――『翠風《すいふう》』レティシア・ルブフェーラ先々代公爵だ。

陛下が目元を揉《も》まれ、私達へ尋ねられる。

「ワルター、リアム、レオ、兵の配置はどうか？」

現在王都には三公爵家の精鋭が入り、防備態勢に入っている。

これは『花竜の託宣』により、『白の聖女』候補だとされたステラ・ハワードの身に異変が生じた場合、対処する為だったのだが……このような事態になろうとは。

戦場においては常勝不敗を誇るワルターが苦衷を滲《にじ》ませ、口を開いた。我が親友は亡《な》き奥方の忘れ形見である娘達を心から愛している。

「……完了しております」「リンスターも同じく」「御命令あらば、何時《いつ》でも」

私とレオも出来る限り淡々と同意する。

我等は王国を守護する公爵としての責務を果たさねばならない。

「ロッド達の見立ては概《おおむ》ね正しかろう」

心なしか寒々しい窓の外の王都を眺められていたレティ様が立ち上がられた。

幼い頃に西都を訪れた際、私やワルターへ公爵としての心得を教えてくださった英雄は、室内を歩きながら故事を語り始められる。

「百年前の異変では、『白の聖女』カリーナ・ウェインライト王女がまず『天使』に。そして、時を待たず八翼の『悪魔』へと堕《お》ちた。あの時、何があったかを知る者はおらぬ。私もロッドも事が起きた後に駆けつけたからの。ただ状況を鑑《かんが》みれば──」

立ち止まり、私達を見渡された。宝玉の如《ごと》き瞳には深い哀《かな》しみ。

「王家に伝わりし蒼薔薇《あおばら》の聖剣に触れ──『天使』、そして『悪魔』となったのであろう。あの剣には『奇跡を起こす』という噂《うわさ》があったからの。……自ら禁忌を犯したのだ。私とやり合った際には当時の『勇者』が聖剣を封じてくれた為、事なきを得た」

百年前の事件について詳しく知る者は大陸でも皆無だと言っていい。

──名の記録すら抹消されし王女が王都を、王国そのものを突如滅ぼしかけた。

公爵家当主として情けない話だが、私も知っているのはその程度に過ぎない。

限られた者しか読めない公式文書内ですら『大魔法『光盾《こうじゅん》』起因の暴走によるもの』と隠匿される極秘事件なのだ。ロッドも苦しそうに顔を歪《ゆが》めている。

エルフ族の英雄が厳しい表情で腕を組まれた。

「彼女はウェインライトの家祖を除けば、最も『光盾』を使いこなしていた……生み出された魔法生物達ですら手強《てごわ》く、我と当時の『勇者』、ロッドの手で封じるまでの間、信じ難《がた》き被害を王国へ与えた。現在の地下大墳墓に祀《まつ》られた墓標の過半は王宮地下に籠りし

『悪魔』を叩くべく決死の突撃を敢行せし英雄、勇士、豪傑達の物だ」

身を翻《ひるがえ》され、円卓中央へ進まれたレティ様が投影された地図を睨《にら》まれる。

「だが昨晩、被害は殆《ほとん》ど出ておらん。『王都失陥時に封印書庫へ何者かが入り込んだ形跡はない』『最後に人が降りたのは五十数年前』――クロム、ガードナーの言い分とは大きく異なっていたようだがそれについては別問題であろう」

「…………っ」

ワルターの大きな拳が握り締められる。

――ハワードを長きに亘《わた》って支えているウォーカー家。

帰還したエリー・ウォーカーによれば、封印書庫では『十日熱病』で亡くなったと記録されるウォーカー夫妻の魔法式が遺されていたという。

『何か』が闇の中で蠢《うごめ》いている。

公爵である私達と陛下ですら気付いていない『何か』が。

レティ様が細い人差し指を立てられた。

「百年前との差異はたった一つ」

全員の目線が集中する。

「ステラの傍《そば》にあ奴《やつ》が――アレンがいることぞ。観測された魔力は確かにカリーナと酷似しておった。廃廟堂《はいびょうどう》のある最深部へと落下し、封印の要であったウェインライトの聖剣に触れ、『天使』へ到ったのかもしれぬ。が……『悪魔』には墜《お》ちておるまい。我と西方の長《おさ》達は酔狂で『流星』の称号を与えたわけではない」

力強く自らの見解を述べられると、レティ様は私とワルターへ不敵な笑み。

「英雄とは窮地でこそ真価を発揮し、諦めを知らず、不可能を一切の容赦なく可能にする者を表す言葉なのだ。そのこと……お主等《ぬしら》ならば理解出来よう？」

「「……はっ」」

東都狼《おおかみ》族のナタンとエリンの養子――アレン。

出会った瞬間に私の愛娘であるリディヤの心を奪い、その手を引いて孤独の闇より救い出し、字義通り命を救ってくれた大恩人。

――確かに彼ならば。

娘二人を救われた、隣で固く目を閉じたワルターも想《おも》いは同じであろう。

エルフ族の美女が全域図を指で崩された。

「加えて『花竜の託宣』も降りておる。『ステラを救う方法』を尋ねた結果が今の状況なのだ。選択を間違えるとすれば、我等の方であろうよ」

『…………』

会議室内に幾度目か分からぬ重い沈黙が下りる。

――ステラ・ハワードを救うか否《いな》かは、我等の選択次第、か。

レティ様が私と盟友へ美貌を向けられた。そこにあるのは深い悔恨の陰。

「ワルター、リアム。汝等《なんじら》の娘達は幸運ぞ？　百年前、彼女の隣に……あの誰よりも優しく、誰よりも強かったウェインライトの娘の隣にその手を取る者はいなかった。いや……いるにはいたが重い病の身では届かず……己《おの》が才覚のみで子爵位へと到《いた》った竜殺しの英雄『銀狼《ぎんろう》』は死に、今では殆ど忘れ去られた。彼女も名を史書より消されておる」

深い嘆息が洩れた。陛下の隣に座られているジョン王子も知っておられるようだ。

ウェインライト王国は確かに栄えている。大陸西方において最強国であろう。

――だが、常に光の中を歩んで来たわけではない。

目を手で覆われ、レティ様が震える声を発せられた。

「記録の抹消は死罪よりも重き刑。『ウェインライトの王女が王都を滅ぼそうとした』なぞ、と公表出来るわけもない。当時の決定も断腸の思いだったのだろう。だが、真実を追求せず、死者へ責任を押し付けた事実は残る。『光盾』の暴走と書き替えようとも、な」

「――……連絡用の小鳥が到着したようです。失敬」

ロッドの姿が消える。

その横顔は許しを乞う者のそれだった。

陛下とジョン王子、私達三公爵を見渡され、エルフ族の英雄が断じられた。

「此度《こたび》の一件は百年前の悲劇も、改めなければならなかった多くの事柄も――その悉《ことごと》くを直視せず、先延ばしにし続けた我等の落ち度。その為にステラを……未来ある娘を殺すのは許されぬ。アレンとの合流を急ぎ、万策を用いてハワードの少女を救う！　我等が取るべき選択肢はこれ以外にあるまい？」

私とワルター、レオが同意の呻きを発した。

四大公爵家は王国を、王家を守護する存在。

だが……一人の少女を守れずして、いったい誰を守れるというのかっ。

話を静かに聴かれていた陛下がレティ様と目を合わせられた。

かつてのように敬語で話しかけられる。

「たとえ……その結果として王都が廃墟《はいきょ》になろうとも、ですか？　レティ先生」

「王都が廃墟となり――」

エルフ族の美女は、傲岸不遜な笑みを浮かべ我等へ手を動かされた。

「この場にいる者全員が戦死しようとも、な。民を！　子を！　己が身を以《もっ》て何があろうとも必ず守る！　どうだ？　責ある身に生まれた者の本懐であろう？　誇れっ‼」

胸に熱いものが生まれ、私は胸を叩《たた》いた。レオも整った顔を紅潮させ、拳を握り締める。

陛下が深々と頭を下げられた。続くワルターの大きな肩も震えている。

「――……御教授、忝《かたじけな》く」

最悪の場合……我等の手でステラを討つ可能性もあったのだ。

近くの椅子に腰かけられ、長い足を組まれたレティ様が金髪の青年へ話を振られる。

「ああ、無論――ジョン王子殿下はその限りではありませぬが」

「『彗星《すいせい》』殿、ウェインライトはシェリルがいれば大丈夫ですよ」

古き異称を口にし、王子は提案を暗に否定された。

頭に手をやりながら自嘲される。

「私は非才の身。王位継承を辞したこと、一切の後悔をしておりません。……ここだけの話、妹とはそこまで仲良くも。母も違いますしね」

陛下の眉が微《かす》かに動いた。シェリル王女の母君はメイドであった、と聞き及んでいる。

手に持つ古書の表紙をなぞり、かつての王太子殿下が淡々と考えを披露された。

「ですが――新しき『流星』殿と『剣姫』殿が退かぬ以上、彼女は絶対に王都を離れませんよ。『自らの命よりも大切な存在と出会う』……羨ましい話です。妹は必ずや良き女王となりましょう。私の晴耕雨読生活を維持する為にも、死なせるわけにはいきません」

感嘆を零《こぼ》したのは私か。それともワルター、はたまたレオだったか。

難物のゲルハルト・ガードナーが付き従うだけはある。

王子が陛下に頭を下げられた。

「父上、意見を具申してもよろしいでしょうか?」

「無論だ」

「ありがとうございます。では――」

室内の空気が一変した。瞳には冷たい刃《やいば》の如き怜悧《れいり》さ。

「急ぎ兵を出しクロム、ガードナー両侯爵の拘束を。彼等《かれら》には『十日熱病』の真相とウォーカー夫妻の死について問い質《とただ》さなければなりません。両家に建国以来【記録者】としての特権が認められているのは重々承知していますが、この状況です。致し方ないでしょう。

……ゲルハルトには悪いですが」

微かに痛切が表れ、すぐに消える。

両侯爵の拘束とは。ジョン王子は想像以上に果断な御方だったようだ。

「次に封印書庫からの突入が不可能になった以上、別の侵入路が必要となります。王宮の螺旋《らせん》階段は喪《うしな》われて久しい。最深部に到達可能なのは王都東方の丘——」

「続きは私が説明致しましょう」

手に紙片を持ちロッドが戻って来た。

「陛下、教授がアレンとステラ・ハワード公女殿下を救う為《ため》、百年前の故事に倣《なら》い、王宮最深部へと唯一到達可能な『地下大墳墓』への進入許可を求めています」

！　地下大墳墓を進入路に用いるだと⁉

彼《か》の地は禁足地。立ち入れるのは王家の方々か特別な許可を得た者のみであり、探知魔法も効果を発揮せず、内部はかつて大陸各地にあったと伝わる迷宮の如しだと聞く。

ざわつく我等を無視し、エルフ族の大魔法士が紙片に目を落とす。

「突入者はアレンの魔力を追える者と大樹に干渉出来る者に限定。リサ・リンスター殿とフィアーヌ・リンスター殿、教授は後詰として待機するようです。認めざるを得ないと考えますが……大きな、恐ろしく大きな懸念《けねん》もあります」

疑念の視線が室内を漂う。どういう意味だ？

「陛下には教授と共に以前、御報告した通り……先の変事において、大墳墓には聖霊教が侵入した痕跡があります。墓を暴き奪われたのは、王都を救った勇士にして半吸血鬼ゼルベルト・レニエ男爵の遺体。アレンの親友です」

「……何と」「遺体を奪った？」「信じられぬ」「…………」「……レニエ、か」

私達と王子が動揺し、レティ様は静かに姓を繰り返された。

ゼルベルト・レニエ男爵。

自らの命を以て、吸血鬼の真祖が放った大規模召喚魔法より王都を救った英雄だ。その者の遺体を何故《なぜ》？

ロッドが目を閉じた。

「この事実を知っているのは、この場にいる方々とゲルハルト・ガードナー殿。そして――来春、大学校史上最年少で研究室を持つ予定のテト・ティヘリナのみです。教授は『リサ、フィアーヌ、リディヤ嬢にはこれから話す』と」

『…………』

我が娘はアレンを魂の奥底から慕い、アレンの為ならば全てを平然と投げ出す。

レニエ男爵の遺体が辱《はずかし》められたと聞いた時、何を考えるのだろうか？

「水都にて聖霊教は吸血鬼の力を持つ魔導兵を投入してきました。教授と私はその土台に、ゼルベルト・レニエの遺骸が用いられているのではないか？　という強い疑念を持っております。ロブソン・アトラスを暗殺した聖霊教使徒『黒花《こっか》』イオ・ロックフィールドが敵方にいる以上、半妖精族の最高魔法士『花天《かてん》』が編みし秘呪――人を吸血鬼へと変貌させるものを併用した可能性を否定出来ないからです。アレンは強い良識を持っております。……親友の遺骸が辱められた、と知れば」

老エルフはそこで沈黙した。

聖霊教の『聖女』は『死のない世界』を希求している、という。

その為ならば何をしても……死者を辱めても許されると？

「懸念は理解した」

陛下が言葉を振り絞られ、手を組まれた。背筋を伸ばした私達へ命じられる。

「だが、今は目の前の変事に対処するとしよう。地下大墳墓への突入を我が名において許可する。各家は猛者達《もさたち》を選抜せよ！　全力を以てアレンとステラを救い出し……」

腰の短剣をほんの少しだけ引き抜き、納められた。

——光が舞い消える。

「『家祖の再来』と評された優しきカリーナを今度こそ安んじる。人は愚かかもしれぬ。だが同時に……過《あやま》ちから学ぶことも出来ることを此度証明しようぞ！」

『御意っ！！！！！』

＊

「「カレンさんっ！」」「カレン先生っ！」「降ります～☆」「♪」


王都東方の丘。殺風景な地に築かれた急造陣地。

天幕へ入り、教授と難しい話し合いをしているリディヤさん達を待っていた私の耳に、少女達の声が飛び込んで来た。

風が巻き起こり、『紅備え《あかぞな》』の騎士様達が驚く中、二頭の軍用グリフォンが着陸。

「ティナ、エリー、リィネ、リリーさん、アトラ！」

私は制帽を押さえ名前を呼び、背中から降り立った少女達と幼女に合流する。

ティナは白の魔法衣で背には魔杖《まじょう》。リィネは剣士服で、腰に片手剣と兄さんから贈られた短剣を提げている。エリーは見慣れたメイド服。リリーさんは何時《いつ》も通りの異国装束だ。

「カレン♪」

毛糸の帽子を被《かぶ》り、コートを着こんだアトラが抱き着いてきたので受け止めていると二人の公女殿下とエリーが目を丸くした。

「カレンさん……」「その服装……」「リリーさんと同じ……」

昨晩まで着ていた王立学校の制服から、私は濃淡の紫色で矢の紋様が重なった異国装束と長いスカートに着替え終えている。足もブーツだ。

水都で兄さんが褒めてくれたので手放すつもりは毛頭なかったのだけれど、まさか届けられるなんて……。リンスター家のメイドさんって、ちょっと変。

視界の外れでは、装束を持ってきてくれたメイド見習いのシーダ・スティントンさんが、兄さんの後輩だという半妖精族の女性魔法士にお菓子をねだられていた。

私は咳払《せきばら》いをし、後輩達に説明を試みる。

「……撤退戦で制服が汚れたから、わぷっ」

「えへへ～♪　カレン御嬢様《おじょうさま》ぁ☆　また着てくださったんですね！」「♪」

心底嬉《うれ》しそうな顔でリリーさんに抱き着かれ、アトラも嬉しそうに尻尾を動かす。

為《な》すがままにされながら、ニコニコ顔の年下メイドへ聞く。

「エリー、もう動いても」「だ、大丈夫でしゅ、あぅ……」

噛《か》んでしまい恥ずかしそうに俯《うつむ》く姿に、顔が綻ぶ。

リリーさんの拘束から抜け出し、アトラを地面へと降ろす。

「無理はしないようにね。後で兄さんに怒られてしまうわよ？」

「お、怒られても御役に立ちたい、んです」

口調こそたどたどしいものの、目の光は強い。

封印書庫での一件はこの子を大きく成長させたようだ。

「分かったわ。よろしくね」

「は、はひっ！」

意気込むエリーに、ティナとリィネが左右から抱き着き「私も頑張るわっ！」「首席様はもう少し落ち着きを持ってほしいですね」「むっ！」「あぅあぅ、お、御二人とも、喧嘩《けんか》は駄目ですぅ〜」と何時も通りのやり取りを始めた。行方不明になっている親友を想《おも》う。

早くステラを救い出して、フェリシアと一緒に私も——

「あ、リディヤ御嬢様〜」

リリーさんの呼びかけで我に返る。

前方から歩いて来た、長い紅髪を結い、手に懐中時計を持ったリディヤ・リンスター公女殿下が私達に気付いた。撤退戦で一切の手傷を負わなかったので剣士服のままだ。

話し合いは終わったらしく、リサ・リンスター公爵夫人とフィアーヌ・リンスター副公爵夫人。黒猫姿の使い魔さんであるアンコさんを肩に乗せた教授も外へ出て来られる。

懐中時計の蓋を閉じ、リディヤさんが腕を組んだ。

明らかに苛立《いらだ》っていて……少しだけ怖い。

ティナとエリーもそうだったようで、ほぼ同時に妹のリィネをちらり。リリーさんも顎に指をつけて考え込んでいる。

赤髪の公女殿下が意を決し、恐る恐る話しかけるも、

「あ、姉様、兄様達は……あの………」

尻すぼみになって消えた。

それくらい、今のリディヤさんが発している空気は冷たいのだ。

私はアトラの頭を撫《な》で、『剣姫』様へ極々微量な雷で合図を送った。

すぐさま、はっ、とした様子で答える。

「無事よ。嫌な……とてつもなく嫌な予感はするけどね」

「嫌な」「予感、ですか？」「アレン先生、ステラお姉ちゃん……」

ティナとリィネが深刻そうな表情になり、エリーも祈るように手を組んだ。

——手を軽快に叩《たた》く音。

「取りあえず、行きましょう～！　アレンさんとステラ御嬢様が待って——」

「リリーはお留守番よぉ～」

音頭《おんど》を取った年上メイドさんは、小柄な副公爵夫人に後ろから抱き着かれる。

「！　お、御母様っ⁉　は、放して、放してくださいぃぃ‼」

「ダーメ★」

リリーさんは必死に拘束を解こうと奮闘するも、フィアさんはビクともしない。こんな小さな身体《からだ》の何処《どこ》にこんな力が。

そうこうしている内に、紅軍装姿のリサ・リンスター公爵夫人もやって来られた。

教授は研究生達に指示を出されているようだ。テトさんと先程見かけた半妖精族の魔法士さん、双子らしき男女、人族の男性が言葉を交わしている。

「突入するのは――リディヤとティナ、カレン。そして、エリーよ。リィネとリリーは私達と一緒に待機してちょうだい」

「「えっ？」」「「なっ……」」「へぅっ⁉」

ティナとエリーがキョトンとし、リィネは絶句。リリーさんも動きを止めた。

――予想通りの反応だ。

衝撃から立ち直ったリィネが憤然と抗議する。

「御母様、何故……どうしてですかっ⁉　私は確かにまだまだ未熟ですが、あ」

「そうじゃないのよ、リィネ」

突然リサさんが愛娘《まなむすめ》を優しく抱きしめ、背を軽く擦《さす》られた。

「地下大墳墓は、本来王家の人々しか立ち入ることが許されていない禁足地なの。公爵家の人間であっても入れるとは限らない。入り口として使われている古い転移魔法陣が発動しないのよ。私やフィアも駄目だったわ。――四人を選んだのは」

足下にちょこんと座って、アンコさんが現れた。

この不思議な使い魔さんが決めたのなら納得する他ない。兄さんもきっと賛成する。

「分かりました……」

リサさんに抱きしめられたままのリィネも不承不承、小さく頷《うなず》いた。

「くっ……アレンさんの腕輪が外れていなければ、きっと……」

副公爵夫人に拘束されたままのリリーさんは恨み節。

右手薬指をなぞり、リディヤさんが後を引き取った。

「大墳墓には入り口以外にも得体の知れない古い魔法がかかっているわ。私も二度入ったけれど……その時はあいつと一緒だった。一人だけだと転移魔法に拒絶されたし」

「先生も入ったことが？」「古い魔法……？」「兄様と？」

年下の少女達が口々に疑問を発した。

眼下に臨む王都へリディヤさんは目を移す。

「あそこはあいつの親友が死んだ地であり、葬《ほうむ》られた地でもある。死体のない墓がこの丘にあるわ。……名前は」

「ゼルベルト・レニエさん、ですね？」

王立学校に入学した後、兄さんは東都へ欠かさず手紙を送ってくれた。

当初はリディヤさんとシェリルさんが。

少ししてからは、レニエさんが登場するようになったのをはっきりと記憶している。

紅髪の公女殿下はアトラの頭をとても優しく撫でた。

「軽薄で、あいつに悪い事ばかり教えて、一週間の内何日も泊まりに行っては、私とシェリルに自慢する……嫌な奴《やつ》だったわ」

「「「……」」」「……レニエ？　何処かで……」

私達は何とも言えず沈黙し、リリーさんはフィアさんに髪を三つ編みにされながら記憶を探っている。

幼女の頭から手を離し、リディヤさんが空を見上げた。

「だけど――……レニエは本懐を遂げて死んだわ。『悪魔』となった自分の許嫁《いいなずけ》の明けない夢を終わらせ、あいつと私の命も救ってね。私に『解決方法』も教えてくれた。恩人、と言っていいのかもしれない。……本当に嫌な奴だったけど」

兄さんが王都へ行った一年目の冬。少しの間だけ手紙が途切れたことがあった。

『体調不良』という報《しら》せを信じていたけれど……。しかも、『悪魔』を？

リディヤさんが沈痛な表情で頭を振る。

「詳しい話は何時かあいつに聞いてみなさい。……私からはこれ以上、何も言えないわ」

「「「「…………」」」」

聞けない。聞ける筈《はず》もない。そんな勇気はない。

『無暗《むやみ》に聞けば兄さんに嫌われるかもしれない』

考えるだけで身が竦《すく》み、獣耳と尻尾が震えてしまう。

ティナ達も同じ想いだったらしく、三人で手を取り合っている。リリーさんですら、至極真面目な顔だ。

黙って聴かれていたリサさんがアトラの髪を手で梳《す》き、話題を変えられる。

「エリー、アレンに渡された神域の水は使い切ったのよね？」

「は、はいっ！」

後輩メイドはポケットから小瓶を取り出した。薄《う》っすら青みがかっている。

「撤退する時、魔法生物の触媒として使いました。とっても強い子でしたが……」

項垂《うなだ》れ、ポケットへ小瓶をしまい込んだ。

……制御が難しかった、と。

娘の髪型変更を終えられたフィアさんがエリーの両手を握り締められる。

「強い力には弊害もあるわ。今度使う機会があったら気を付けてねぇ」

「あ、ありがとうございます。フィアーヌ様」

「ダーメ♪　『フィアさん』よぉ☆」

「は、はい……フ、フィアさん」

私達の間にようやく笑みが広がった。兄さんがエリーを可愛《かわい》がっている意味が分かる。

三つ編みになったリリーさんが勢いよく手を挙げ、

「はいっ！　私にはメイドとして御嬢様方を護衛する役割が──……むむ⁉」

指先に魔法生物の青い小鳥が舞い降りた。

年上メイドさんは首に括《くく》りつけられている紙片を取ると素早く目を通し、固まる。

「そ、そんな………任務交代、だなんて……」

フラフラとその場に倒れこみ、左手の腕輪を擦り始めた。

みんなで素早く紙片を確認。リンスター公爵家メイド長のアンナさんの字だ。

『交代です☆　隊の指揮を執ってください』

覗《のぞ》き込まれたフィアさんが愛娘を諭される。

「リリー、メイドさんなら、我《わ》が儘《まま》を言っちゃ駄目よぉ？」

「——……はぁい。良しっ！　頑張りますっ‼」

年上メイドさんは立ち上がってスカートをはたき、自らに気合を入れた。

この人なら問題はなさそう——あれ？　なら、アンナさんは何処へ。

「カレン♪」

「アトラ？　貴女《あなた》は駄目よ。お留守番していて、ね？」

幼女が私に小さな手を伸ばしてきたので、しゃがみ込んで言い含める。

この子を危ない目に遭わせたら兄さんに叱られてしまう。

すると、幼女は私にぎゅーっと抱き着き、尻尾を大きく振って笑み。

「アトラも～☆」

閃光《せんこう》が走った。咄嗟《とっさ》に幼女を守ろうとして——すぐに気が付く。

『♪』

私の中で大精霊が歌っている。も、もしかして兄さんの代わりに⁉

……そうなのだ。忘れがちだけど、アトラは凄《すさ》まじい力を持つ存在。

この子にとって姿形は仮初に過ぎないかもしれない。

少し遅れて幼女が私の内にいることに気付いたティナ、リィネ、エリーが口元を押さえ、分《わ》かり易《やす》く驚いた。

「ふぇぇぇ」「あぅあぅ」「こ、こんなことが……」

「あら」「まぁまぁ」「むむ～？　アトラちゃん、私でも良かったんですよ？」

後輩達の様子に私も多少冷静さを取り戻す。……リサさんとフィアさん、リリーさんは平然とし過ぎだけれど。

私の肩をリディヤさんが軽く叩き、歩き始めた。

「相手は大精霊。気にしたら負けよ。解明はあいつの担当だしね。さ、行くわよ」

「……了解です」

ティナ達へ目配せし、紅髪の公女殿下を追いかける。

考えるのは兄さんとステラを救出した後でいい。

一区画で教授と研究生達が集まり、強大な結界魔法の発動を開始した。『紅備え』の騎士様達も円形に槍衾《やりぶすま》を形成している。酷《ひど》く物々しい雰囲気だ。

強風が吹く中、リディヤさんが立ち止まった。

「地下で何が起こっているかは皆目見当がつかないけれど――」

手で教授達を示すと、幾何学模様の転移魔法陣が発現していく。

あれが……地下大墳墓への入り口。

振り返り、紅髪を靡《なび》かせながらリディヤさんが拳を突き出してきた。

私達はすぐさま拳を合わせる。リィネとリリーさん『♪』アトラも一緒だ。

リサさんとフィアさんに見守られながら、リディヤさんが叫んだ。

「行くわよ、ティナ、エリー、カレン。遅れず私に付いて来なさいっ！　リィネ、リリー、しっかりねっ‼」

『はいっ！！！』

＊

転移魔法を潜《くぐ》り抜《ぬ》けると、一瞬だけ視界が真っ白に染まった。

冷気で獣耳と尻尾がざわつく程の神聖さ。周囲を確認して——驚愕《きょうがく》する。

「カ、カレンさん……」「カ、カレン先生……」

杖《つえ》を握り締めるティナと、複数の魔法を準備中のエリーも私と同じ反応を示し、不安そうに片手で裾を握ってきた。想像以上に……いえ、想像を絶する程に大きい。

天井は苔《こけ》むした巨大な石廊によって支えられ、私達がいる大通路の両脇には壮麗な建物と古びた魔力灯が整然と並んでいる。一部は激しく破損しているようだ。

「王都の地下大墳墓。噂《うわさ》には聞いていましたが……」

いったいどうやって、誰が何時造ったのだろう？

ようやく落ち着いたティナとエリーも口元を押さえ目を見開いている。

「地下にこんな場所が……」

「す、凄《すご》いです。まるで、大きな教会の中にたくさんの小さな教会があるみたい……」

エリーの言葉でふと思い立つ。東都の大樹と同じ？

奇妙な一致に私が困惑していると——突如、炎羽《えんば》が四方に散って消失した。

リディヤさんが「……やっぱり探知は駄目、か」と零《こぼ》し、教えてくれる。

「歴代の王族と——『救国』を成した英傑達が祀《まつ》られているらしいわ。『最初に造ったのは一人の魔法士。かかった時間は一晩』と、レニエは言っていたわね」

「ひと、っ⁉」「お、御伽噺《おとぎばなし》の魔法使い様みたいです……」

ティナが前髪を逆立てて言葉を喪失し、エリーは両手で口元を押さえた。

幼い頃、老獺《ろうかわうそ》のゴンドラに兄さんと乗せてもらい、東都地下に広がる大水路の昔話を教えてもらった記憶が蘇《よみがえ》る。

似たような伝承は何処《どこ》にでもあるのかもしれない。……しれないけれど。

微《かす》かな兄さんの魔力を感じ取っているとリディヤさんが説明を続けた。

「この場所は全て同じ形の霊廟《れいびょう》が、同じ間隔で列《つら》なっているのよ。視覚的錯誤を誘う為《ため》でしょうね。あいつが言うには極々微細な干渉魔法式も恒常発動しているんですって。映像や通信宝珠は使いものにならないし、長時間居続けると永久に出られなくなる可能性もある。大精霊や大樹の力を借りたり、今回だとあいつの魔力を追えるなら別だけどね」

「「「………」」」

大精霊『炎麟《えんりん》』と『氷鶴《ひょうかく》』を身に宿すリディヤさんとティナ。

長年一緒にいたことで兄さんの魔力を認識可能な妹の私。

エリーが加わったのは封印書庫の地で明らかになった『大樹守《たいじゅまも》り』の力を評価して。

……アンコさんの選抜は正しい。

私と薄蒼髪《うすあおがみ》の公女殿下がリボンを揺らしながら、周りを見渡していると、

「え、えっと……ほんの少しですが、干渉の魔法が分かります」

目を閉じ、感知を試していたエリーが報告してきた。

嬉《うれ》しいらしく頬を上気させている。

「へぇ……やるじゃない」「やりますね」

リディヤさんと私は素直に称賛した。

幼馴染《おさななじみ》の少女の両手を握り、ティナが勢いよく上下させる。

「エリー、凄いわっ！」

「あ、ありがとうございます。……えへへ」

後輩達を横目に見つつ、私は静かに紅髪の公女殿下へ懸念《けねん》していることを質問した。

「リディヤさん、報告書にあった大樹の防衛機能は作動しないんでしょうか？」

「封印書庫から撤退した後、教授と協議したわ。『墳墓内において迎撃される可能性は低い』――この場所には大樹の力も組み込まれているらしいしね。第一よ？　作動したとして、私達の行動に変化がある？　ないでしょう？」

「………それは」

私は口籠り、短剣の柄《つか》に触れた。

兄さんとステラを助ける為ならば、全てを薙《な》ぎ払《はら》ってみせる。

胸の中でアトラも楽しそうに歌っている。炎羽が舞った。

『♪』

「魔力を頼りに、今は全力であいつの下へっ！　その際に起こった面倒事は全部押し付けるっ!!　私は今までず～っとそうしてきたわよ？　これからもそうするわ」

リディヤさんの感情に呼応して魔力光が洩《も》れ、右手の紋章も明滅を繰り返す。

四大公爵家の一角、南方を統《す》べるリンスター家の長女で、若くして『剣姫』の称号を持ち、『公女殿下』の敬称を受ける本物の御嬢様《おじょうさま》。

そんな少女が心から兄さんを慕っている。不覚にも多少気圧《けお》されてしまう。

でも、私だって兄さんへの想《おも》いで負けるわけにはいかないのだ。……絶対にっ。

短剣を抜き、雷魔法を紡《つむ》ぐ。

「貴女と一緒にしないでくださいっ！　エリー、魔法生物の布陣を！」

「は、はひっ！」

ブロンド髪とスカートの裾を揺らし、年下メイドが魔法を発動した。

同時に魔法生物の獅子達《ししたち》が出現していく。その数——十数頭。

ティナが数歩先んじて振り返って無い胸を張り、杖を構えた。

「ふっふっふっ……遂《つい》に日頃の努力の成果を見せる時が来たようですね！　先生がよく使われる『氷神鏡《ひょうじんきょう》』を多数展開させれば、警戒線の代わりに——え？」

何の前触れもなく魔力灯が陰った。

空中に開いた『黒花《こっか》』の中から杖が突き出され、漆黒の氷槍《ひょうそう》が降り注ぐ。

「ティナっ！」「ティナ御嬢様っ！」

私は全身に雷を纏《まと》い急機動。

呆《ほう》けている薄蒼髪の公女殿下を抱きかかえ、氷槍の雨を躱《かわ》す。

エリーの生み出した獅子達が跳躍し、空中の男へ襲い掛かり、

「っ!?」

魔法陣から躍り出たもう一人に蹴られ、消えた。

……目で追えなかった。信じ難《がた》い技量！

氷槍を躱し切り戦慄していると、墳墓の階段上に男達が降り立った。

一人は蒼く縁どられたフード付き純白のローブを身に纏い、古い木製の杖を手に持つ魔法士。肌が恐怖で粟立《あわだ》つ。魔力の桁が測れない。

先程獅子達を全滅させた、黒翠《こくすい》に縁どられたフード付きローブを羽織る長身の男は痩せていて、腰に古びた短剣を提げている。

この特徴的な格好を忘れるわけがない。

聖霊教の使徒だ。

「「…………」」

私、ティナとエリーは事態の急変に動けない。何でこんな連中が王都にっ!?

頭上の『黒花』が崩れ、数えきれない炎羽が舞った。

——炎属性極致魔法『火焔鳥《かえんちょう》』。

美しい凶鳥は二人の使徒を呑《の》みこみ、死者を悼《いた》む場所に凄まじい燎原《りょうげん》を顕現させた。

魔剣『篝狐《こうこ》』を引き抜き、リディヤさんが炎の中の怪物達へ冷たく言い放つ。

「平然とこんな所にまで現れてんじゃないわよ。大方、先の事変時に墳墓へ侵入した際、転移魔法を仕込んでいたんでしょう？」

……墳墓に侵入した？

気になりつつも私は全身に雷を纏い『雷神化』。

短剣を引き抜き、十字雷槍を顕現させる。

普段よりも雷が強いのはアトラが力を貸してくれているからだろうか？

動揺から立ち直ったティナとエリーも最大魔法を紡ぐ中、使徒達が姿を現した。

多少ローブの裾は焦げているが凌《しの》ぎ切ったのだ。

「……し、信じられません。こ、こんな……」

肉眼で確認出来る程の魔法障壁を見つめ、エリーが身体《からだ》を震わす。

この二人——東都で私達が総力戦の末に倒した魔獣『針海』を超越している。

「…………」

リディヤさんが鋭く目を細めた。

長身の使徒の魔力が奇妙だ。極めて強大だけど恐ろしく冷たい。

まるで……死体か人形であるかのように。

『篝狐』の剣身が炎に包まれ、杖を持つ蒼緑ローブの使徒へ突き付けられる。

「あんたは水都で見かけたわ。『墜星』らしき大氷塊を撃ってきた魔法士ね？　丁度良《い》いわ。聞かないといけないことがあったのよ」

「…………」

顔は隠れていて見えないが、使徒の唇が不気味に吊《つ》り上《あ》がった。

ティナとエリーへ何時でも戦闘を開始出来るよう、指で合図する。

紅髪の公女殿下が極寒の口調を叩《たた》きつけた。

「十四年前、ユースティンの帝都で先代勇者と交戦。十一年前の王都で『十日熱病』を蔓《まん》延《えん》させ、ミリー・ウォーカーとルミル・ウォーカー殺害に関与。近年では、水都の古い伝承を調べていたカルロッタ・カーニエンへ呪詛《じゅそ》をかけ――ゼルベルト・レニエの墓を暴き、奪ったのはあんたの仕業なのかしら？　本物か偽物《にせもの》か分からない『賢者』さん？」

「お、お墓を暴いて……」「い、遺体を奪った……？」

リディヤさんの言葉に、ティナとエリーが衝撃を受け硬直した。

私の顔も引《ひ》き攣《つ》っている。兄さんがもしこのことを知ったら。

炎羽が猛《たけ》り、聖霊教の使徒達を威圧する。

「ニッティの書庫であいつやシンディ達とやり合った魔導兵には、吸血鬼の力が組み込まれていた」

桁違いの魔力が石柱や地面そのものを揺るがす。

──リディヤさんも本気で怒っているのだ。

「幾らアリシア・コールフィールドが入れ知恵したにしても、早過ぎる。そもそも吸血鬼の力は強大で、まともな方法で制御出来るとも思えない」

魔王戦争の最終決戦、血河《けつが》の会戦で戦死した狼《おおかみ》族の英雄『流星のアレン』。

その副官を務めていたとされる『三日月』を名乗った吸血姫の実力は、兄さん達に散々聞いている。

天候すらも操り、水都を紅月で染めてみせた怪物の力……簡単に操れるわけがない。

右手の紋章から激しい紅光を放ち、リディヤさんが『賢者』を断ずる。

「だから──……ゼルベルト・レニエを、自らの意志で人から半吸血鬼になったあの男の遺体を使ったのね？」

「「っ！？！！」」

意味が理解出来ず、私達にも動揺が走る。

……半吸血鬼になった？　兄さんの親友だった人が？？

賢者は答える代わりに、フード下の唇を歪《ゆが》め、くぐもった嗤《わら》いを零した。

ゆっくりと自分の身体を浮かべ廟《びょう》の上へと到《いた》り、頭上から私達を睥睨《へいげい》する。

長身の使徒は武器すら抜いていない。

「炎髪に魔女の魔剣。大精霊『炎麟《えんりん》』――リンスターの忌《い》み子か。そして」

「う……」

目線を向けられたティナが身を竦《すく》ませた。声は外見と合わず、年輪を感じさせる。

……イオよりも得体が知れない。本能が最大警戒を叫んでいる。

古びた杖《つえ》をゆっくり動かし、使徒が嘆く。

「かつて神すら平然と殺した怪物を身に宿すハワードとエーテルハートの忌み子。改めて見ても、正気の沙汰ではない。我等よりも余程狂っているぞ。『天使』を回収する前にこのような場所で貴様達《きさまたち》と会うつもりはなかったが……イオの不運は度《ど》し難《がた》し」

「「…………」」

訳の分からない独白に私達は沈黙するしかない。

『氷鶴《ひょうかく》』が神を殺した？　しかも、『天使』――ステラを攫《さら》いに⁉

リディヤさんは魔剣を無造作に構えたまま、冷たい表情を崩さない。

――ゾワリ。

獣耳と尻尾が勝手に膨れ上がり、『やっ！』アトラも酷《ひど》く嫌がっている。

直後、使徒の身体から禍々《まがまが》しい魔力が噴出し、冷たい暴風が吹き荒れた。

フード下に蒼眼《そうがん》と蒼髪が覗《のぞ》く。

「だが、聖女の望みだ。諦めて死に――大願の礎《いしずえ》となるが良い！　我が名は『賢者』アスター！　聖霊教が使徒、その首座に座りし者なりっ‼」

深蒼《しんそう》の雪風が廟や石柱を凍結させていく。

私は奥歯を噛《か》み締《し》め、身体に纏う雷を活性化。

エリーも「この人がお母さんとお父さんをっ……！」と零《こぼ》し、両拳を握り締め、耐氷結界と身体強化魔法を限界まで重ね掛けした。

私達は兄さんを、ステラを救うのだ。負けるわけにはいかないっ！

――たとえ相手が、怪物達の頂点だとしても。

ティナが長杖を頭上の賢者へ突き付ける。

「寝言は寝てから言ってくださいっ！」「あんたの大願なんて興味がないわ」

手の魔剣をリディヤさんが無造作に薙いだ。

空間を制圧する勢いで炎羽《えんば》が渦を巻き、雪風を圧倒し、賢者と使徒を取り囲む。

その数七本。こ、これって！

「う、嘘《うそ》……」「ア、アレン先生が……」「兄さんが創った新しい炎魔法⁉」

リリーさんの婿取りを食い止める為《ため》、トビア・イブリン伯爵と一騎打ちを行った兄さんは、戦いながら新しい炎魔法を編んだ。

その場にはいなかったのに……まさか、話を聞いただけで再現したの⁉

「でも、あいつの下へ行く邪魔をするなら、とっとと死んでおきなさいっ！！！！」

炎風で紅髪を靡《なび》かせる公女殿下が新魔法『七炎斬花《しちえんざんか》』を一気に発動させる。

炎花ではなく炎羽で構成された七本の大渦が賢者と長身の使徒に襲い掛かり、強大な魔法障壁と激突！

炎羽の欠片《かけら》と蒼黒《あおぐろ》い魔力光が飛び散り周囲を炎上させ、破壊させていく。私達は慌てて後退し耐炎結界を張り巡らす。

一本、二本、三本……炎の渦が魔法障壁を削り、都度業火《ごうか》は勢いを増していく。

やがて、賢者と使徒の姿が炎に隠れて七つに重なり、

「ティナ、エリー！　全力で防御っ！」「「はいっ‼」」

咄嗟《とっさ》に後輩達へ指示を出し、防御魔法を連続発動。

音が一瞬だけ消え――弾《はじ》ける。

「「～～～っ！」」

『七炎斬花』が最終段階へと到り、範囲内にある全てを切り刻み、燃やし尽くす。

凄《すご》い魔法だとは思っていたけれど。

「…………」

炎の中で美しい魔剣を持ち、片手で髪を梳《す》く天才剣士にして魔法士の背中。

兄さんに手を引かれるのではなく、隣に立つ為には――この人を超えなくてはならない。

「……負けませんっ」「……凄いです。でも……でもっ」

感情を揺り動かされたのは私だけじゃなかったようで、ティナとエリーもリディヤさんの背中を見つめている。

……兄さん、覚悟してくださいね？　東都でした告白、私は本気ですから。

焦げた石畳を進み、紅髪の公女殿下を揶揄《やゆ》する。

「リディヤさん、一応此処《ここ》は鎮魂の場所なんですよ？　廃墟《はいきょ》とはいえ、やり過ぎです」

すると、何も動いていない炎を見つめながら沈んだ声が返ってきた。

「カレン、その台詞《せりふ》をあいつにも言える……？　『ゼルベルト・レニエさんの遺体は聖霊教に強奪されて、実験体にされたみたいです。情報を得る為に手加減を』って」

「………それは」

兄さんは優しい人だ。誰よりも優しい人だ。

だからこそ――本当にレニエさんの遺体を辱《はずかし》められたと知ったら。

リディヤさんが、『剣姫』の称号を持つ王国屈指の剣士様が肩を震わせた。私達はその意味を理解する。

……想像してしまったのだ。手加減した場合、兄さんが見せるだろう反応を。

「私にそんな勇気はないわ。悪手だとしても、あいつの気持ちを優先する。……だって、アレンに絶対嫌われたくないもの」

分かっている。きっと、兄さんは情報を得る為の手加減を是認してくれるだろう。

でも……少しだけ傷つかれる。そんなの耐えられないっ。

「リディヤさん――」「**後ろですっ！！！！**」

「「っ⁉」」

切迫したエリーの警告を受け、咄嗟に私はティナの手を取り左へ跳び、リディヤさんは右へと跳ぶ。魔力は一切感じ取れなかった。転移魔法じゃ、ない？

エリーは自分も退避しつつ、八発の土属性上級魔法『土帝竜壁《どていりゅうへき》』を発動させ、植物魔法と耐氷結界で補強。後方に出現したアスターが放った氷槍《ひょうそう》を防ぐ。

「くぅぅぅっ！」

だが、次々と壁が崩壊。内在している魔力に差があり過ぎる。

奇襲を防がれた賢者が賛嘆し、指をわざとらしく鳴らした。

「ほぉ、中々にやる。──次だ」

長身使徒が氷槍に構わず疾走しエリーへと迫る。速いっ。

「こ、このぉっ！」

ティナが氷属性上級魔法『閃迅氷槍《せんじんひょうそう》』を横合いから叩きこみ、妨害を試みる。

──血光。

「「なっ⁉」」

氷槍を手刀でバラバラにしながら、長身使徒が更に前進して来る。リディヤさんが私を見た。

一瞬で意思疎通し逆襲を敢行！

私は『七塔要塞《しちとうようさい》』正門を突き崩した時以上の速度で間合いを詰め、大跳躍した。

「これでっ！！！！！」

叫びながら全力で十字雷槍を突きおろし、

「っ⁉」

長身使徒が展開した赤黒い魔法障壁に受け止められる。背筋が凍った。

……駄目。今の私じゃ突破出来ないっ。

後方で魔法の発動を止めたアスターが淡々と評してくる。

「ほぉ……『雷狼《らいろう》』とは。凡《おおよ》そ二百年ぶりか？　しかも、その短剣と内にいるは――」

「カレン、退きなさいっ！」「くっ！」

リディヤさんの警告と同時に風属性初級魔法『風神波《ふうじんは》』を自分へ放つ。首筋に悪寒《おかん》。

無理矢理、身体《からだ》を引いて地面に着地すると――数本の灰銀髪が落ちていく。

長身使徒の手には抜き放った古い短剣が握られていた。

今の一撃は……

「不可視の斬撃？」

けど、魔法は感知出来なかった。

体勢を立て直したエリーが注意を喚起する。

「この人、魔力の流れがアレン先生と同じくらいとても静かです！」

「先生と同じ……？」「事前感知はほぼ不可能ってことよ。……最悪ね」

ティナが唖然《あぜん》とした横で、苛立《いらだ》ちを隠そうともせず紅髪の公女殿下が吐き捨てる。

厄介極まるけどこの技の原理、私の雷槍に似ている。

違和感を覚えるも、気にしている余裕がない。

短剣を鞘《さや》へ納め、平然とアスターの下へ歩いて行く使徒から目を離さず、名前を呼ぶ。

「リディヤさん」「撤退なら却下よ」

後輩達の前で剣を構え、即座の拒絶。

感情に呼応し、炎羽が賢者へ絡《から》まりつき消えていく――了解です。

リディヤさんが私の隣へと進み、嘆く。

「本当だったら、昨日は夕食を一緒に食べた後、済《な》し崩《くず》しであいつの下宿先に泊まるつもりだったのに……これ以上の予定変更は断固として拒否するわっ！」

「なっ⁉」「お、お泊まり……う～」

合図に気付いている筈《はず》のティナとエリーが、本気で不満を露《あら》わにした。

スカートの埃《ほこり》を手で払い、妄言を却下。

「全力で阻止しますっ！　妹は兄を守る――それが世界の理《ことわり》です」

隣へやって来たリディヤさんが心底不思議そうに首を傾《かし》げた。

炎羽がひらひら、と落ちていき、

「あら？　義姉は守ってくれないの？？」「私にっ――」

長身の使徒が振り返る。

――血の如き紅の眼《め》。

「義姉はいませんっ！！！！！」

裂帛《れっぱく》の気合と共に十字雷槍を全力で薙《な》ぐ。

雷光が石畳を裏返して突き進み、廟《びょう》の柱や壁、階段に罅《ひび》を走らせていく。

遂《つい》には魔法障壁に接触し、紫電を撒《ま》き散《ち》らし半ばまで貫通し――止まった。

アスターが古めかしい杖《つえ》を翳《かざ》したのだ。

「悪くない。下位使徒相手ならば――」「まだですっ！」

地面を揺るがし枝と根が使徒達に絡まり付く。フード下の蒼眼《そうがん》が驚いた。

「大樹の力⁉　……その髪色と瞳。そうか、お前が『大樹守り《たいじゅまも》』と『ウォーカー』の」

「戦闘中にぺちゃくちゃと五月蝿《うるさ》い男ねっ」

戦術転移魔法『黒猫遊歩』で距離を殺し、リディヤさんが賢者と長身使徒の魔法障壁を炎に染まった魔剣で両断！

零距離で『火焔鳥《かえんちょう》』を発動させ、後退しながら叫ぶ。

「ティナっ！」「はいっ！！！！」

長杖を高く掲げた薄蒼髪の公女殿下が思いっきり振り下ろす。

――特大の氷属性極致魔法『氷雪狼《ひせつろう》』が顕現。

炎と雷で痛めつけられた石畳を更に破壊し、氷狼《ひょうろう》が口を開け賢者と使徒を呑《の》みこんだ。

私も同時に右手を握り締め、雷属性上級魔法『雷帝乱舞』を多重発動させる。

氷嵐と雷、業火が一点に集束していき――

何の予兆もなく全てが消えた。

『なっ⁉』

破壊の痕跡だけを残し、静寂が墳墓内を包む。

魔法、なの？

ティナとエリーは戦意を保ちつつも瞳に戸惑いを浮かべ、リディヤさんですら厳しい表情になっている。

——アスターが殊更丁寧に拍手をした。

「見事だ。魔法衰退の時代において、よくぞここまで練り上げた。全盛期ならば我とも多少は良《い》い勝負が出来たかもしれぬ。さて——無駄な抵抗は終わりか？　で、あるならば」

「あ……」「ひっ」「ぐっ！」「………」

息が詰まる程の殺意と桁違いの魔力。

本能的な恐怖で身体が竦《すく》み、ティナとエリーが怯《おび》え、私は震えを抑え込もうとするも止まらない。リディヤさんだけが変わらず魔法を紡《つむ》ぎ続けている。

——美しい、だからこそ恐ろしい賢者の蒼眼が私達を貫く。

「そろそろ殺すとしよう。お前達の死は無駄にはならず、『星約《せいやく》』の律を正す断片となる。安心して逝《ゆ》くが良い」

「駄目だね。そんなことはさせないさ」

普段と変わらない飄々《ひょうひょう》とした声が聞こえた瞬間、今日初めて賢者と使徒が大きく左右に分かれ、回避行動をとった。

黒い小匣《こばこ》が使徒達のいた場所に出現し拡大。

石畳と階段を綺麗《きれい》に削り取る。属性すら分からない、この魔法って。

私達の前に外套《がいとう》を羽織った眼鏡の男性が降り立った。

「き、教授っ⁉」「あぅあぅ」

薄蒼髪《うすあおがみ》の公女殿下と年下メイドが驚き、跳びはねる。

肩越しに片目を瞑《つぶ》り、案じてくれる。アンコさんは一緒じゃないようだ。

「やぁ、ティナ嬢。エリー嬢。無事で何より。リディヤ嬢とカレン嬢もね」

来て下さったのは有難《ありがた》いし、心強い。

でも——リディヤさんと私は、王国屈指の大魔法士様へジト目を向ける。

「来るならとっとと来なさいよ」「……教授、後でお話があります」

レニエさんの話を秘匿していたのは余程の事情があってのこと。

でも、兄さんにどう説明すれば……。

私達の視線を気にした様子も見せず、教授は苦笑された。

「怖い怖い。ティナ嬢達も何れ《いず》こうなってしまうのか……と今から想像しただけで涙が出て来そうだよ。言いたいことは分かるし、批判も受け止めるけどね。想像していたよりも、ずっと状況は悪いようだ」

「「…………」」

距離を取ったアスターと長身使徒は再び跳躍し、半壊している墳墓前へと移動しようとし——黒閃《こくせん》が乱れ、揺らめく。

魔法障壁、柱、彫像、階段に無数の線が走り、バラバラに崩れ落ちて轟音を響かせた。

使徒達はどういう回避手段を用いたのか、残骸の頂点で佇《たたず》んでいる。


「おやぁ？　初撃を躱《かわ》されてしまいましたか。アレン様以来でございますねぇ～」


少し不満気に零《こぼ》しながら、耳が隠れる程度の栗茶《くりちゃ》髪で小柄なメイドさんが、教授の傍《そば》へ重さを一切感じさせずに着地した。

「「ア、アンナさん⁉」」

私、ティナとエリーは驚き半分、喜び半分で名前を叫ぶ。

クルリ、とその場で半回転。両手を合わせたメイドさんが挨拶をしてくれる。

「はい♪　御嬢様《おじょうさま》方を早朝から次の早朝まで御見守りする、リンスター公爵家メイド長のアンナでございます☆　奥様とフィアーヌ御嬢様の命により参上致しました～」

教授だけじゃなく、まさかアンナさんまで後詰に……。

隣のリディヤさんが魔剣を賢者へ突き付ける。

「形勢逆転ね。洗いざらい話してもらうわよ」

「………」

さしもの聖霊教使徒首座も黙り込む。

空気が張り詰め、恐ろしく冷たい。

数的劣勢であっても、この男が諦めるとは思えないけれど……リディヤさん、教授、アンナさん。私達だって無力じゃない。使徒二人が相手でも負けはしない。

ふっ、と息を吐きアスターが長身使徒へ慇懃《いんぎん》に命じた。

「先に進み、『天使』を奪取せよ」

「………」

石畳を踏み砕き、長身使徒が低い姿勢で此方《こちら》に向かって突撃してくる。

「させるわけっ」「ありませんっ！」「正面突撃なんて‼」

リディヤさんとティナ、私は炎槍《えんそう》、氷槍、雷槍の嵐で迎え撃ち、エリーも風属性上級魔法『嵐帝竜巻《らんていたつまき》』を多重発動させようとし――空間を漂う数えきれない黒氷の鏡で弾《はじ》かれる。

兄さんと同じ使い方をっ⁉

「これは少し厄介でございますねぇ」

アンナさんが右手を振るい、跳ね返ってきた私達の魔法を切断する中、氷鏡が次々と割れ、欠片《かけら》が黒氷嵐へと変化、炸裂《さくれつ》した。

『くっ!』

刹那視界が奪われてしまうが、それぞれ全力で抑え込み、すぐに回復。

だが——地面を蹴り上げ長身使徒が私達を跳び越え、走り去った。逃したっ。

瓦礫《がれき》の上でアスターが哄笑《こうしょう》し、

「ククク……追わせはせぬよ。お前達には我と暫《しばら》くの間、遊んでもらうとしよう。『天使』を回収出来さえすれば全てにおいて御釣《おつ》りが、っ!?!!!」

反応すら出来ず蹴りを喰《く》らって瓦礫の中に突っ込み、噴煙をあげた。

現れたのは、皺《しわ》ひとつない執事服に片眼鏡。初老の顔には怒りと悲しみが張り付いている。この方は……。

小さな黒匣《くろばこ》を浮かべながら、教授が男性を称賛する。

「早かったね、グラハム」

「……急ぎましたので」

ハワード公爵家執事長グラハム・ウォーカーさんは、短く応じ胸元を直した。

ティナとエリーが両手を取り合い、驚いている。

「グ、グラハム」「お、お祖父《じい》ちゃん」

瓦礫を吹き飛ばしながらアスターが空中へ浮かびあがり、折れた石柱の頂点へと降り立った。

教授とアンナさんが私達へ指示を出す。

「此処《ここ》は僕達が。深部まで行けばアンコが地上へ転移させてくれる」

「アレン様とステラ御嬢様の所へお早く☆」

すぐさまリディヤさんと私は反応した。

「あいつを追うわよ」「ティナ、エリー‼」

「は、はいっ！」

紅髪の公女殿下が駆け出し、ティナを抱えたエリー、最後に私が続く。

ハワード家主従は途中で振り返り、叫んだ。

「グラハム！」「お祖父ちゃんっ！」

「どうか気を付けてっ‼」

老執事が微《かす》かに眉を動かし、深々と頷《うなず》いた。

＊

「うふふ♪　本当に良い御嬢様方でございますね～☆」

ティナ御嬢様と孫娘が見えなくなると、アンナ殿が嬉《うれ》しそうに顔を綻ばせた。

だが——その動きに一切の隙はなし。

数十年前、北方の地で私と殺し合いをした時と変わらぬ姿のまま、不可視の『偽装弦《ぎそうげん》』を展開させている。

「……少しは僕の心配をしてくれても罰は当たらないんじゃないかな。やっぱり御老人に押し付けるべきだった！　そうは思わないかい、グラハム」

教授が嘆かれるも、口調とは裏腹に目は笑っていない。ワルター様の言を思い起こす。

あいつが本気を出せば、魔法のやり取りで誰も勝てるものか。

「…………ふっ」

私も何時でも交戦を開始出来るように息を吐き、気を張り詰める。

目の前には、蒼く縁どられたフード付き純白のローブ姿で手に古い長杖《ちょうじょう》を持つ若い男。

この者が……娘と息子の仇《あだ》かもしれぬのだ。

教授が片目を瞑った。

「君はどう思う？　自称『賢者』君？　いや、使徒首座のアスター殿と呼んだ方が良いのかな？」

聖霊教の『聖女』。

数年来、教皇庁奥の院に座す謎多き人物だ。

『使徒』はその存在によって直接選抜された人外の者達であり、人数は七名だと諜報《ちょうほう》活動により判明している。大陸西方で起こった各重大事件に深く関与し……一人がララノアの英雄によって倒され、首座が『アスター』という名の魔法士であることも。

男が額を押さえ、これ見よがしに頭を振った。

「……王国最凶最悪の魔法士。人の妄執が生み出した帝国の『死神』。そこに『深淵《しんえん》』とは。イオの不運は本当に度《ど》し難《がた》い。今後本格的な解呪を検討するとしよう」

「その機会があるといいねぇ」

教授が指を鳴らした。

辺りを漂う七つの黒匣の表面に魔法式が現れ動き出し、黒風が吹き荒れる。

眼鏡の奥の瞳は王国最凶魔法士としてのそれ。

「リディヤ嬢にも言われたかな？　僕とグラハムも、君には聞きたいことが山程あるんだ。外見と異なり、随分とお年を食っているようだけど……『七竜』じゃあるまいし、不死じゃないだろう？　痛覚があるのなら『死神』と『深淵』に聞き出せない相手は存在しない。さ、色々と話してもらおうか」

第4章

「ん？　まだ起きてたのかよ、アレン。無理をするのは駄目だぞ！」

懐《なつ》かしい親友の声が耳朶《じだ》を打った。

目の前には冬なのに美しい花々が咲き誇り、空には禍々《まがまが》しさすら覚える冷たい月。

馴染《なじ》み深い王都のリンスター公爵家の内庭だけど……小さな自分の手を握り締める。

——嗚呼《ああ》、これは夢だ。忘れたことなんかない。忘れられるわけもない。

吸血鬼の真祖イドリスとの決戦前夜。僕とあいつが交わした約束の夜だ。

「それは僕の台詞《せりふ》だと思うよ？　ゼル。ここ数日間そんなに眠れてないんだろ？」

魔力灯の下に立つ親友は細い眼鏡を外し、目元を押さえた。

今晩も眠るつもりはないようで、魔法衣姿で腰には大小の魔剣を提げている。

『俺はイドリスを討ち……義妹のクロエを止める為《ため》に二百年前、人であることを止《や》め、半吸血鬼になったんだ。あ、血を吸うのは伝説だからな？　……嘘《うそ》をついていて悪かった』

大樹の前で『悪魔』と戦った後、親友は僕とリディヤへそう告白してくれた。

ゼルは眼鏡をかけ直し、ばつの悪い顔になる。

「確かに、な。すまん。紅《あか》の姫さんは？　一緒に寝たんじゃないのか？」

「……僕達がいるの、リンスターの御屋敷《おやしき》だよ？」

イドリスの王都侵入が明らかになった後、表面上は平穏なものの、密《ひそ》かに厳戒態勢が敷かれている。僕とゼルも大樹での戦闘後、下宿先に帰れていない。

相手は『竜』に匹敵する『吸血鬼』と『悪魔』。

王国の英雄や勇士、四大公爵殿下の動員すら検討されている、と学校長が言っていた。

ただ、近隣諸国に不穏な動きがあるらしく、ハワード、リンスター、オルグレンの三公爵家は動けず。西方のルブフェーラは血河《けつが》で魔族と向き合っている。

『情けない話だが、君達に託す他はない。出来る限りの支援はするよ』

王国最凶魔法士と噂《うわさ》される教授の声には確かな痛みが混じっていた。

ゼルが大袈裟《おおげさ》に頭を振った。

「ふっ……戯言《たわごと》だな。リディヤ・リンスター公女殿下は嫌がるだろうか？　否《いな》っ！　断じて否っ‼　光の姫さんがいてくれれば、もっと容易だったんだがな」

確かにリディヤはベッドに入った後も『……お願い。私を置いて何処《どこ》にも行かないで』

と、僕の袖を握り締めていた。シェリルが陛下の命令で、王宮に待機し続けているのも大きいのだろう。ああ見えて気弱な所があるのだ。親友の軽口に付き合う。

「代わりに僕の大学校行きが吹き飛ぶんじゃ？」

「その時は南都へ行けばいい。『アレン・リンスター』――うん。納まりがいい」

僕とリディヤの身分差は懸絶している。大学校までは一緒にいられても……。

黙り込んでいると、ゼルが魔剣の柄《つか》を軽く握った。

「うん？　南都が嫌なのか？？　なら、侯国連合の水都――いや、やっぱり以前にも話した通りララノア共和国だなっ！　あの国なら獣人族に対する偏見も薄いし、お前さん達ならどうとでもなる。伝手《つて》も多少あるから、お偉いさんに推薦状書いてもいいぞ」

「はぁ……リディヤに変な入れ知恵はしないようにね」

「クックックッ……この、ゼルベルト・レニエに隙はない！　もう教えておいたに決まっているだろう？　メモまで取って随分熱心に聴いて、珍しく礼まで口にしていた‼」

「…………ゼルぅ？」

一仕事やり遂げた感を出している親友へ、僕は非難の視線を向けた。

リディヤは家族をとても大切にしている子だけど、暴走しがちなところもある。

親友が背を向けたまま数歩進んだ。風が結わえられた薄茶髪を揺らした。

「紅の姫さんはお前と生きる為なら平然と国を捨てるさ。いや――世界もかな？」

『私はあんたの――……アレンの『剣』でいいのっ！』

リディヤの言葉を思い出す。僕は膝を曲げ、足下の花に触れた。

「恩は返すつもりだよ。……本題に入ろう」

「いっそ婚約しちまった方が楽になると思うぞ？　――そうしておくか」

二百年前からイドリスと妹のクロエを追い続けた魔剣士が歩き始めた。

「吸血鬼は強大だ。魔力は底なしで攻撃魔法も多彩。しかも、イドリスは俺が知る限り数百年……下手すると千年近い戦歴すら持つ。こいつは反則だ。反則に過ぎる」

大樹での戦闘後、王都西方の丘にある大聖堂近くで交戦した吸血鬼は強かった。

虚《つ》を衝き、右腕こそ奪えたものの……黒竜との経験がなかったら。

「そこにクロエだっ。俺の義妹兼許嫁《いいなずけ》は剣技と魔法の才に大変優れている。そこへ『悪魔』と『吸血姫』の能力が加算されていることも鑑《かんが》みると……今のイドリスよりも強いだろう。俺ではあの二人を同時に相手は出来ない」

それ以上は言葉にならず。冷たい風が花を散らしていく。

僕は親友に追いつき、肩を抱いた。

「大丈夫。イドリスは僕とリディヤが止めてみせるよ。君は本懐を……妹さんの明けない悪夢を終わらせておくれ」

クロエ・レニエは二百年前に死んでいる。

死の床についた聡明《そうめい》な少女を救う為、男爵家は奔走。

そこをイドリスに付けこまれた結果……まず吸血鬼に、その後『悪魔』に堕とされ、感情のない殺戮《さつりく》人形にされてしまったのだ。白い頬を涙が伝い、ゼルは目元を覆った。

「……すまない。本当に……………すまない。ハハハ……二百年以上も生きてきて情けないんだが、それ以上の言葉が見当たらない」

「いいよ、乗りかかった船だしね」

受けた恩は決して忘れない。父の教えだ。

涙を袖で拭い、ゼルが怜悧《れいり》な分析を再開した。

「イドリスは弱っている。神代を知る英傑の末とはいえ、ずっと無敵ではいられない。何かしらの延命策を実行する為に王都へ来た。最初に遭遇したフード姿の男が情報の伝達役だったんだろうな。闇に蠢《うごめ》く連中も相応の関係性を持っている」

老吸血鬼はわざわざ自らの目的地を教えてきた。自分の右腕を奪ったゼルをどうしても殺したいのだ。明日の死戦場を口に出す。

「その延命策が地下大墳墓にある、と？」

「おそらくな。具体的には分からん。明日は紅月。戦略結界であっても突破は可能だ」

夜光に舞う無数の花弁。その中に佇《たたず》む親友は儚《はかな》い。

「俺はな、相棒。紅の姫さんや光の姫様、そして——お前と違ってどうしようもない凡人なんだ。一で十は見えない。だが、クロエを救う為、イドリスへの復讐《ふくしゅう》を果たす為に……ただ、それだけの為にっ！　今日まで歯を食い縛って生きて来た」

腰に提げた魔剣の鞘《さや》を叩《たた》き、ゼルベルト・レニエが瞳に覚悟を迸《ほとばし》らせる。

「願ったこと全ては叶《かな》わない。この世界は甘くないからな。だが……諦める理由にもならない。今度こそ妹の魂を安んじ、路《みち》を誤った英傑の明けない夜を終わらせてやるっ！」

強固な意志。だからこそ……危うい。僕は親友を促した。

「もう寝よう。明日は朝から教授や学校長と最終打ち合わせもあるしね」

「おうっ！」

連れ立って屋敷の中へ戻って行く。リディヤの魔力に動きはない。

安心して寝ているようだが、早めに隣の部屋へ戻らないと。

「なぁ、アレン」

魔力灯の陰の下、ゼルが僕の名を呼んだ。

——瞳が深紅に染まっている。

「二百年前、俺はイドリスによって一族を滅ぼされるだけでなく、死の淵《ふち》にいたクロエまでも攫《さら》われた。復讐に心を支配され……友に懇願し自らの意思で【星約《せいやく》】を違《たが》え、人であることを止《や》めた。この力は俺を確かに守ってくれたが、強大に過ぎる」

顔を伏せ、親友が辛《つら》そうに絞り出す。

「もし……もしもだ。俺が本懐を遂げた後、力に呑《の》みこまれてしまった時……もう一度【星約】を違え、路を誤ったその時は」

魔力が夜光を煌《きら》めかせ、ゼルの泣きそうな顔を浮かび上がらせた。

「どうか……どうかっ！　俺を止めてくれっ。こんなこと、お前以外には頼めない」

もう耐えきれない。僕は亡《な》き親友に駆け寄り、叫ぶ。

「ゼル！　君は路を誤るどころか、妹さんの魂を救済したっ！　それだけじゃなく、イドリスの大規模召喚魔法から僕とリディヤを——っ⁉」

「ゼルっ！」

＊

親友の名前を呼びながら、僕は目を開いた。

頬に伝う涙を拭い、翡翠《ひすい》色の魔力光が瞬《またた》く中、上半身を起こす。

無数の白と黒の花弁が舞い、大樹の若木もぼんやりと輝いている。やっぱり、水都神域に似ているよなぁ。

手に柔らかい感触――そこで自分が何に寝かされていたか気付く。

「花のベッド？」

天使が作ってくれたのだろうか？　降りようとすると、左袖を指で引っ張られた。

『アレン、駄目』

視線を向けると、花畑の中にしゃがみ込みながら、白黒の天使が不満気に目を細め、四翼をゆっくり動かしていた。僕の名前を知って⁉

驚きを表に出さないよう努力して、四方へ目をやる。

ベッドの頭上には蒼薔薇《あおばら》の剣とステラの魔杖《まじょう》、そして『銀華《ぎんか》』が浮遊中。

魔法式は既存のそれと完全に異なっていて解析不能。空間自体も茨の結界で閉鎖されている。辛《かろ》うじてリディヤの魔力を感じ取れるが、先程よりも分《わ》かり難《にく》い。

廃廟《はいびょう》も花と茨に覆われ、『星槍《せいそう》』ですら見えなくなってしまっている。

僕が寝ている間に神域化はますます進行したようだ。

早めに脱出しないと――天使が手を伸ばし、人差し指で僕の頬《ほ》っぺたを突いてきた。

『寝てなきゃダメ。私もステラもまだ寝顔を見ていたい』

「――……へっ？」

思わぬ言葉に目をパチクリさせる。今度は『ステラ』だって？

『……………あ』

深白と深黒の瞳には若干の動揺。微《かす》かな雪華が舞う。

天使は徐《おもむろ》に立ち上がり、白と黒の四翼を羽ばたかせ残っている石柱へと飛翔《ひしょう》し、陰に隠れた。白と黒の長い髪が揺れている。身体《からだ》を起こし、頬を掻《か》く。

「……嫌われちゃったかな？」

『恥ずかしがっているだけよ。すぐに降りて来るわ』

「うわっ！」

後方から突然、話しかけられ思わずのけぞる。

ベッド脇に長い紅髪で白服を着た幼女が座り、足をブラブラさせていた。

アトラやリアに似ているが、あの子達はこんな嗜虐《しぎゃく》を表に出したりしない。

むしろ――南都で以前、アンナさん達にこっそり見せてもらった幼い頃のリディヤにとてもよく似ている。映像宝珠のあいつは不器用な笑顔だったけれど。

現実逃避を終え、右手薬指を確認。予想通り強い紅光を放っている。うわぁ。

「えーっと……」

『もしかしなくても、リナリアよ。リナリア・エーテルハート。人族史上最高の騎士にして、魔法士。史上唯一【双天】の称号を得た私の顔を忘れたの？　幾度かありがた～い助言もしてあげたでしょう？　……何よ？　この姿形に文句でもあるわけ？？　あと、貴方《あなた》のお姫様が似ているんじゃないわ。私にお姫様が似ているのよ！』

「し、思考を読まないでください」

『……ふんっ。可愛《かわい》くない子』

幼女がベッドから飛び降り、花畑の中を歩いて行く。

白と黒の花弁。蒼《あお》の雪花──それらを圧する炎羽《えんば》。

外見に惑わされてはいけない。目の前にいるのは紛れもなく『人』という種族の極致。

五百年前の大陸動乱時代、単独で世界を敵に回し、勝利を収めかけた【魔女】なのだ。

リナリアが大樹の若木に触れる。

『理解していると思うけれど此処《ここ》は既に神域。生と死が揺蕩《たゆた》っている場所。それでも、私が出て来るのには色々問題があるのだけれど──』

両肩に温かさ。天使が僕の背中に隠れたのだ。リナリアを警戒している？

幼女は僕達を一瞥《いちべつ》すると、胸を張って傲岸不遜にとんでもないことを言い放つ。

『ま、私は天才だし？　【律】の一つや二つ、捻《ね》じ曲《ま》げるくらい訳はないわ。仮初の天使に軟禁されている子に少しばかり知恵を貸してあげようと思ったのよ。感謝しなさい！』

背中でちょっと怒っている天使を僕は見た。この子が出してくれれば問題は解決するんだけど……こっそりと無数の拘束魔法を展開させているし難しそうだ。

なので、僕は素直に大魔法士様に質問した。

「聞きたいことは山程あるんですが……取りあえずステラはどうなるんでしょうか？」

『！』

天使が一度僕から離れ、再度近づき『……う～』と零《こぼ》し裾を摘まんだ。

表情を確認する前にリナリアがこれ見よがしな溜《た》め息《いき》を吐《つ》く。

『はぁ……この状況下で自分のことよりも聖女の心配？　貴方、何時か刺されるわよ？』

「刺されるのは嫌ですけど、性分なので」

幼女の姿が唐突に消え、ベッドに座り直した。出鱈目《でたらめ》な転移魔法だ。

懸絶した差に畏敬の念を抱いていると、リナリアが駄々をこねる。

『つーまーらーなーいー。もっと他にあるでしょう？　封印書庫はそもそも何だったのか？　どうして、十日熱病？　だったかしら。無様な呪術が使われたのか？　この場所の役割は？　とか。少しは私を愉《たの》しませなさいよぉー！　貴方にはその義務があるわっ‼』

「そんな義務はありませんし、時間もそこまでないでしょう？　ある程度の推察は出来ています。で、どうなんですか？」

『……ほんと、可愛くない子』

リナリアは唇を尖《とが》らせながら、紅髪を払った。鋭い視線が白黒の天使を射貫《いぬ》く。

『その子はもう少しで消えるわ。ウェインライトの聖剣の魔力が尽きればね。封じられて百年くらいかしら？　八翼の『悪魔』に堕《お》ちてなお自らの意志で限界まで抑え込み……身体を借りても未《いま》だに動けるなんて。余程伝えたい強い想《おも》いがあったのね。解放された後は問題なく氷魔法を使える筈《はず》よ。天使の魔法式が遺《のこ》るから。ああ、茨がこの場所を守っているのは慈悲深い世界樹の若木の意志ね。憐《あわ》れに思ったんでしょう』

「世界樹の……大樹の意志、ですか」

肩越しに天使と視線を合わせるも、小首を傾《かし》げ微笑《ほほえ》むその顔に悲痛、悲哀の色はない。

……強い想い、か。

リナリアが頭上に浮かぶ蒼薔薇の剣を睨《にら》みつけた。魔力の桁が読み取れない。

『ウェインライトの家祖は人が守るべき【星約】を違え自らの野望の為《ため》、人を超える『仮初の天使』を生み出そうとしている。その為の儀式場も極秘で世界各地に建造した――私が生きていた頃も時折噂《うわさ》にはなっていたわ。荒唐無稽な話で誰も信じてなんかいなかったけど』

炎羽が廃廟を覆っていた花と茨を焼き尽くす。出鱈目に過ぎる威力だ。

天使は頰を膨らまし、目で僕へ『文句を言って！』と訴えてきた。

……傍若無人な魔女様が相手じゃなぁ。

僕達のやり取りを気にせず、大魔法士様が冷たい口調で断ずる。

『でも、その子の存在とこの場所を——神代の儀式場を見てしまったら信じざるを得ない。世界樹の若木から魔力を奪い溜める仕組みを作ったのは『樹守《きもり》』でしょうね』

エリーの父親ルミル・ウォーカーが遺《のこ》してくれた文言を思い出す。

『封印書庫は百年前に死んでいる』

書庫が果たしていた裏の役割は——『蛇口』。この場所は。

リナリアが嫌悪《けんお》を露《あら》わにし、炎で舞い散る花弁を燃やし尽くす。

『長い長い……途方もない年月を掛けて世界に影響を与える程の魔力を此処に集めた。聖剣は『器』であり『制御装置』ね。目的は『人為的な天使創造』。うちの家はともかく、本家筋の誰か——【エーテルフィールド】が関与していたのかもしれないわ。あの連中の一部は、そっち系統の研究に血眼になっていたらしいし』

ま、私の時代に碌《ろく》な使い手はいなかったけど。

独白も脳内にメモしつつ、僕は紅髪の幼女へ問うた。

「教えてください、リナリア。『樹守』と『大樹守り《たいじゅまも》』とはいったい？」

アリスはエリーを『樹守の末』と呼び、チセ・グレンビシー様は『大樹守り』と評した。

僕の知識では理解不能だ。

すると、大魔法士様は手をひらひらさせて、あっさりと答えた。

『前者はかつて、世界樹を祀《まつ》っていた者達の末裔《まつえい》。後者は世界樹が倒れた後、世界各地の若木を守っていた者達ね。どちらも、五百年前ですら殆《ほとん》どいなかったわ。貴方達の時代に末裔がいる時点で奇跡よ、奇跡』

「ふむ……」

もしかすると、エリーにはどちらの血も——考え込む僕の前へ、白髪と黒髪を揺らめかせステラの顔をした天使が回り込み、四《よ》つん這《ば》いで近づいて来た。

『アレン』

「え？　わっ！」

四翼に包まれ、額と額がぶつかる。

次の瞬間——視界は光に包まれた。

＊

まず流れ込んで来たのは見知った一室。どうやら……東都大樹のようだ。
目線の先では、金髪で礼服を着たおそらくウェインライト王と獣人の長《おさ》達の姿。
狼《おおかみ》族の少年が遊戯の駒を動かした。美しい灰銀髪が輝く。
『王女殿下の番ですよ！』
『！　わ、分かってます』
少女はむくれているが、構ってくれて嬉《うれ》しいようだ。
顔を上げて――次に飛び込んで来たのは王立学校の大樹と真新しい校舎だった。
蔦《つた》の這《は》っていない正門を潜《くぐ》り抜《ぬ》けると、長い金髪が視界を掠《かす》める。
待っていたのは本を読む制服を着た狼族の青年。心臓が跳ねる感覚。
小さく手を振り、少女は弾むような足取りで近づいて行く。
――僕はゆっくりと目を開け尋ねた。
「これって君の記憶だよね？」
天使は小さく頷《うなず》き、再び目を閉じた。僕に知ってほしいことがあるのかな？

次に視《み》えたのは一面の花畑。少女は敷物《しきもの》の上で足を崩しているようだ。

眼下には以前ステラと夜景を観《み》た聖霊教の古い大聖堂。

――王都西方の丘だ。

『はぁはぁ……カリーナ王女殿下、お待たせしました』

『待ってはいませんが……王女殿下、禁止ですっ！』

息を切らした若い男の声に、カリーナ・ウェインライトは文句を言いつつそっぽを向く。

だけど、伝わってきたのは強い強い歓喜。

手を振りながら魔法士姿の少年が歩いて来る。

制帽脇から覗《のぞ》いているのは灰銀髪と獣耳。背には大きな尻尾。

ま、まさか……ウェインライトの王女殿下と狼族が付き合って⁉

カリーナは制帽が落ちるのも気にせず青年へ向かって駆け出し――


場面が暗転した。


空はないのに黒い氷雨《ひさめ》が降っている。

罅《ひび》が走った廟《びょう》の前。咲き誇る花々の中で、雷を纏《まと》い両手に雷槍《らいそう》を顕現させた先程の青年と長杖《ちょうじょう》を持つ蒼髪蒼眼《そうがん》の若い魔法士が相対していた。

――此処は今僕達がいる王宮地下の儀式場だ。

青年の口元には鮮血。肌は蒼白《あおじろ》く、身体《からだ》もやせ細っている。

『×××！！！　逃げてっ！！！！！』

氷風の吹き荒れる中、カリーナが無数の『氷鎖』に四肢と純白の四翼を拘束されながら、悲鳴をあげた。目の前には蒼薔薇《あおばら》の剣が斜めに突き刺さっている。

青年はちらり、と視線を動かし唇を動かす――『大丈夫。絶対に助ける』。

雷を更に強め前傾姿勢を取った。

――外見と異なる嗄《しわが》れた嗤《わら》い声。

『流石《さすが》は『銀狼《ぎんろう》』。我の第一目的を、貴様を助ける為、聖剣の奇跡に縋《すが》った王女の天使化を唯《ただ》一人見極めていたか。……だが、残念だったな、病身の英雄よ』

魔法士が浮き上がっていく。氷嵐の中――蒼眼に浮かんだのは冷たい嘲り。

『我の目的は不完全な天使なぞではない。貴様自身の命だっ！　死ね、英雄よっ‼　死んで――我が大望の贄《にえ》となれっ！！！！』

史上唯一、獣人でありながら子爵となった獣人族の英雄と謎の魔法士の激戦。

カリーナを庇《かば》い、氷剣に貫かれ花を鮮血で濡《ぬ》らして倒れる青年。

痩せた血塗《ちまみ》れの手を王女へ伸ばすも——……届かない。凄《すさ》まじい少女の絶叫。

闇が全てを覆い尽くし、氷鎖によって拘束されていた翼が黒く黒く染まった。

聞こえるのは魔法士の哄笑《こうしょう》と少女の慟哭《どうこく》だけ。

やがて——……漆黒の花を踏みしめ、白金髪の『勇者』と槍《やり》を持ち悲痛さを隠せていないレティ様が現れた。周囲に張り巡らされた結界はロッド卿《きょう》のそれだ。

祈っていた八翼の悪魔は目の前に突き刺さる血に濡れた聖剣を引き抜き——

＊

目を静かに開けて、天使の涙を指で拭う。そうか。そうだったのか。

「彼は……『銀狼』は、病に冒されていても最後の最期まで君を、カリーナを救おうとしていたんだね？」

少女は、何度も、何度も頷き顔を覆う。

王女殿下と狼族の英雄の恋。そして、その陰にあった陰謀と悲劇。

……絵物語に最後まで載っていないわけだ。ふと、史実を思い出す。

百年前、王都の騒乱を鎮《しず》め『翠風《すいふう》』と『流星旅団』は南方島嶼《とうしょ》諸国へと出兵した。

レティ様への質問が増えたな。

『……ちっ。じっくりとお説教をしたかったのに。来るわよっ！』

リナリアに怒鳴られ、僕は意識を強制的に戻された。

白黒の天使が四翼を広げ飛翔《ひしょう》し、蒼薔薇の剣と魔杖を手に取り、数えきれない『光盾《こうじゅん》』も生まれていく。『銀華《ぎんか》』はまだ空中だ。

急いでベッドを降りると透け始めている幼女が背中に抱き着き、茨の結界を指差した。

『気を付けなさい。魔力の大小は戦場次第で幾らでも覆《くつがえ》せる』

「意味は理解出来ますが……え？」

あれ程強固だった茨の結界がざわめき、あろうことか勝手に退いていく。

唖然《あぜん》としていると造られた通路に長身の男が現れた。

黒翠に縁どられた純白のフード付き外套《がいとう》――聖霊教の使徒。狙いはカリーナかっ！

どうやって大樹の結界を？　いや、今はそれよりも――僕が魔法を発動する前に、男は身体を揺らめかせ急加速した。

上空の盾が身を翻《ひるがえ》し、地面スレスレを突き進む男へ急降下。

地面を抉《えぐ》り、花々を散らしていくも長身の使徒は止まらない。

カリーナが剣と魔杖を交差させ、桁違いの魔力を集束させ始めた。

こんな魔法を発動させたら、空間全体が崩壊してしまうっ！

焦《あせ》りながらも植物魔法を展開して、使徒の足止めを試みようとし——視線が交錯した。

黒翠《こくすい》混じりの白髪。紅眼に妹さんに贈られた細眼鏡。僕はこの男を知っている。

「え？」『馬鹿っ！』

思考が混乱しリナリアの叱責を受ける中、使徒は僕を無視して大跳躍するや天使へ右手を一閃《いっせん》。腰に古い短剣が見えた。

深紅の血剣が生み出されて『光盾』を薙《な》ぎ払《はら》い、蒼薔薇の剣と激突するや、斬撃の余波が天井を斬り裂いた。

天井の枝や茨、白黒の羽と血が地面に降り注ぐ。

カリーナは深白と深黒の瞳を細め、魔杖に紡《つむ》いでいた未知の氷魔法を同時発動。

天井を足場としていた使徒へ螺旋《らせん》状に回転する氷剣が叩《たた》きこまれ、

「〜〜〜っ⁉」

轟音《ごうおん》と氷風。降り注ぐ岩石や枝、茨を躱《かわ》し状況を確認する。

——斜めの巨大な穴から見えたのは曇った空。

「ち、地上まで貫通したっ⁉」

空中では二人が激しく切り結び、破壊を振りまいている。長くは保てない。

『…………』

カリーナは僕へ一瞬だけ視線を向けて穴に飛び込み、使徒も血翼を広げ後へ続いた。

吸血鬼の力だってっ⁉

「ステラ！」『上っ！』

叫び魔法を発動させようとした僕へ、リナリアが鋭く注意喚起した。

下手な建物よりも大きい岩石が落下してくる。当たれば死ぬな。

――炎羽《えんば》が躍り、紫電も舞う。

岩石が魔剣であっさりと切断され、十字雷槍で貫かれる。

「エリー！」「はいっ！　ティナ御嬢様《おじょうさま》っ‼」

残った岩石に枝が纏わりつき、氷属性上級魔法『氷帝吹雪《ひょうていふぶき》』は全てを凍結させた。

僕の前後に着地した少女達が口々に怒ってくる。

「私がいない所で危なくなっているんじゃないわよっ！　斬るわよ⁉」「兄さん……今回の一件が終わり次第、お話があります」「ア、アレン先生、わ私もあります！」

「リディヤ、カレン、エリー、まさかこんなに早く」

少し遅れて、左手を握り締められる。

「先生！　助けに来ましたっ‼」

ティナ・ハワード公女殿下が力強く僕の言葉を引き取った。女の子の成長は本当に早い。

「ありがとうございます。助かりました。ただ、ステラは……」

「兄さん、把握しています」「ステラお姉ちゃん……」

カレンが制帽を被《かぶ》り直して応じ、エリーは心配そうに手を組んだ。

次々と岩石や枝を燃やしているリディヤが僕へ目配せ。

『アレン、大丈夫……？』

相方には動揺を気付かれていたみたいだ。

……きっと勘違いだ。そうに違いない。あいつは、僕の親友は死んだのだから。

おそらく、地下大墳墓に眠る英傑を辱《はずかし》めて――ティナが行動を促してくる。

「先生！　御姉様を追いかけましょうっ‼　……ところでその背中にいる子は」

「アンコ！　私達を転移させてっ‼　長くは保てないわっ‼‼」

ティナが魔杖を握り締めると共に、背中の幼女について追及しようとするのをリディヤが遮り、叫んだ。

黒猫様の鳴き声が遠くで聞こえ、円形の精緻な魔法陣が出現し黒光を明滅させる。

——もし、もしも、使徒の正体があいつだったら、僕は。

突然、額を風弾で打たれる。

「…………痛っ。リナリア？」「『!?』」

大穴が穿《うが》たれ神域が弱まった為《ため》だろう、幼女の姿が更に薄くなっている。

『相変わらず考え過ぎだし、抱え込み過ぎよ！』

怒り、浮かぶと僕の頭へ小さな手を置いた。

『なっ!?』「…………へぇ」

ティナ、エリー、カレンが驚き、リディヤが怖い微笑になった。

大魔法士様は一切気にせず諭してくる。

『私が死ぬ時にはアトラしかいなかった。『流星』を名乗った【最後の鍵】も英雄として死に、ウェインライトの姫も味方はたった一人だけ。しかも、心を救い愛した勇敢な狼《おおかみ》の死が切っ掛けになり……絶望から世界を滅ぼし得る八翼の『悪魔』へと堕《お》ちかけた。孤独はどんなに強い者すらも容易に闇へと引きずり込むわ』

魔法陣の明滅が速くなっていき、リナリアの身体も炎に包まれ始めた。

『でも——貴方《あなた》は独りじゃないでしょう？　そのことを決して忘れないようにね。私、こう見えて神代を含めても五指は言い過ぎでも、十指には入る天才だったのよ？　素直に助言を聞くよーに。死者を辱めた馬鹿をぶん殴ってやりなさいっ！』

死者――そうか、やっぱり。深々と頭を下げる。

「……ありがとうございます」

『ふふふ、素直でよろしいー』

炎の中でリナリアが詠《うた》う。

【凪《なぎ》と澱《よど》み】――それに続く【綻び】。次の時代がどうなるかは未《いま》だ揺蕩《たゆた》っている』

リディヤとティナに両腕を摑《つか》まれる僕を見ながら、大魔法士【双天】は紅髪をかき上げ、最後に片目を瞑《つぶ》った。

『でも、貴方がこれからする選択で揺らぐのは精々人世界の命運だけよ。気楽にね。アトラ達をよろしく。また会いましょう、狼族のアレン』

＊

「お？　おお？」

「「!?　きゃっ～～～～！！！！！」」

アンコさんの魔法で僕達が転移したのは大樹上空――王立学校だった。

左手を振って、抱き合って悲鳴をあげているティナとエリー、僕へ浮遊魔法を発動。

リディヤとカレンは自身を風魔法で加速させ、いち早く橙色《だいだいいろ》の屋根に降り立ち、警戒態勢を取っている。頼りになる公女殿下と妹だ。

「ありがとうございました、アンコさん」

御礼《おれい》を呟《つぶや》くと、黒猫様の鳴き声が響いた。シェリルの援護へ向かわれたようだ。

非常事態を告げる王宮の鐘が全域に鳴り響いている。

大樹の周囲には軍用戦略結界が幾重にも張られ、王宮魔法士達が大規模暴走に備えている。学生達の退避も終わったようだ。

天使と使徒は上空で激しくやりあいながら、西へ西へと移動。

ぶつかる度、大気を震わせる程の魔力が撒《ま》き散《ち》らされ、それに呼応し大樹の枝や茨が蠢動《しゅんどう》を繰り返す。『神域化』によって魔力探知は極めて困難だが……既に一部では交戦が発生しているようだ。急がないと。

屋根に降り立ち、短く指示を出す。

「ティナ、エリー、何時でも魔法を撃てるよう準備を。王都は既に戦場です」

「「はいっ！」」

教え子達は瞳に戦意を漲《みなぎ》らせ、大きく頷《うなず》いてくれた。

成長に嬉《うれ》しくなっていると、強風が吹いた。カレンの制帽が飛ばされる。

手を伸ばし摑みながらも、転げ落ちそうになった妹の腰を支える。

「おっと。カレン、大丈夫かい？　アトラもいるのかな？」

「……はい、兄さん」『♪』

制帽で口元を隠し、獣耳と尻尾を動かし妹ははにかむ。教え子達が挙手した。

「異議ありですっ！」「カ、カレン先生なら大丈夫だと……」

僕へ制帽を手渡し、目で『被せてください』と訴えつつ、妹は長いスカートの埃《ほこり》を手で払った。どうしてリリーさんと色違いの服装なんだろう？

「買い被り過ぎね。あと、これは妹としての正当な権利なので悪《あ》しからず」

「う～‼」

ティナ達が地団駄を踏む中、僕はカレンの頭に制帽を被せる。尻尾が機嫌よく揺れた。

眼下の様子を眺めていたリディヤが僕へ近寄り、会話を断ち切る。

「尋問は必須だけれど……全部後回しよ。各人覚えておきなさい」

「「は～い」」「了解です」

……この戦いが終わったら、僕は全力で逃走しないといけないみたいだ。

カレンにティナ達を託し、相方に短く問う。遭遇した使徒のことは話せない。

「リディヤ、通信宝珠はまだ駄目だよね？」

「ええ。魔法生物の小鳥で代用しているわ」

紅髪を結った公女殿下も聞いてはこない。

不器用だけど誰よりも優しい女の子に目で謝意を伝え、質問を重ねる。

「シェリルは？」

「あそこよ」

リディヤが左手の細い指で王宮近く――封印書庫を指差した。

直後、上空高くに引き千切られた茨が舞い上がる。同期生は元気に暴れているようだ。

左手を少しだけ上げ、僕は魔法式を投影させた。

「エリー、植物魔法の小鳥達を王都全域に飛ばしてください。出来る限り急いで。魔法式は僕のを。大樹に出来る限り似せたので、妨害には遭わない筈《はず》です」

「は、はひっ！　……アレン先生の魔法……」

年下メイドは魔法式を指でなぞり、両手を掲げ――二つの魔法発動。

「！」「へぇ……」「中々やりますね」

屋根の一部が変化し無数の小鳥達が生まれ、高速で飛翔《ひしょう》していく。

恐ろしく静かな植物魔法と風魔法の複合発動だ。積み重ねられた努力に嬉しくなってしまい、心から称賛する。

「御見事です。そろそろ僕も追い抜かれそうですね」

「な、ないですっ！　ぜ、絶対、絶対、そんなことはない――あ」

「おっと」「「「⁉」」」

両手を握り締め、ブンブンと首を振った拍子に転びかけたエリーを受け止める。こういうのも久しぶりだな。小さくなった年下メイドさんに微笑《ほほえ》みかける。

「足場が悪いですからね、気を付けて」

「あ、ありがとうございます……えへへ♪」

魔剣を屋根に荒々しく突き刺し、リディヤが腕を組んだ。

「小《ち》っちゃいの」

「……疑念は深まりました」「……忘れず議題にしましょう」

ティナがむくれながら応じ、カレンも同意した。

僕はそんな三人に呆《あき》れながら、エリー・ウォーカーへ決意を告げる。

「（御両親の件、必ず真相を突き止めます。安心してください）」

「（――っ。………はい。はいっ）」

腕の中でエリーは顔を伏せ、流れそうになる涙を拭った。

頭を優しくポン、と叩《たた》き、屋根の縁へ進む。

眼下に見える王都では、先程よりも激しく戦闘が行われている。シェリルと早く連絡を取らないとまずいな。視界の外れに動く複数の影が見えた。何でもないかのように独白。

「ステラ達は西方の丘へ向かい、同時に大樹の暴走も拡大している、か」

「通信宝珠無しだと被害の拡大を招くかもしれないわね。それと——……来たわよ」

リディヤが魔剣を無造作に引き抜いた。

直後——僕等を囲むように、剣、槍《やり》、魔杖《まじょう》を持つ白いローブの魔法士達が降り立った。

性別も歳《とし》も様々だが眼光は鋭く、僕への敵意を隠そうともしていない。

「な、何ですか、貴方達はっ！」「あうあう」「……狙いは兄さん？」

教え子達と妹が警戒も露《あら》わに臨戦態勢を取った。リディヤは構えすら取っていないが、既に複数の『火焔鳥《かえんちょう》』を何時でも放てるよう準備を整えている。

僕を害する存在を紅髪の公女殿下は許容しない。

王宮魔法士達も次々と武器を構え、魔法を紡《つむ》ぎ始めた。まずいな。

少女達を制止しようとし——

「待て」

少し遅れて風魔法で屋根へと昇ってきた王宮魔法士筆頭ゲルハルト・ガードナーに先を越される。古めかしい槍杖《そうじょう》を持ち、白のローブに軽鎧《けいがい》を身に着けた老魔法士が下令。

「各人持ち場へ戻り大樹への結界維持に専念せよ。この者達は味方だ」

『……はっ』

不服そうにしながらも退いて行く部下達を一瞥《いちべつ》し、ゲルハルトは僕を睨《にら》みつけた。

背を向け、無感情に吐き捨てる。

「今度こそ死んだかと思ったのだが……生きていたようだな」

「お陰様で」『………』

軽口を叩き、少女達の炎羽《えんば》、氷華《ひょうか》、紫電、強風を打ち消していると、王都を見つめていたゲルハルトが唐突に口を開いた。

「『英雄無き国』――私は魔法士になって以来、それを希求し続けてきた」

目の前の老人は貴族保守派の巨魁《きょかい》であり、ジョン元王太子と廃されたジェラルドの守役。聖霊教に操られたオルグレンの叛乱《はんらん》を経てもなお、政治権力を喪《うしな》わず……かつて、僕が目指した王宮魔法士への路《みち》を絶ち切った。そんな人物が何を語るのか。

ゲルハルトが片眼鏡を外した。

「『流星』『翠風《すいふう》』『銀狼《ぎんろう》』――王国史に記される救国の英雄達。その戦歴は輝きを喪わず、私如《ごと》きでは生涯を懸けてなお足下にも届くまい。彼、彼女達は国を、世界すらも救った。

だが……英雄とて何《いず》れは死ぬのだ。ずっと守ってもらうわけにはいかぬ」

冷厳な自分自身への評価。

王国でも屈指の使い手であろう王宮魔法士筆頭が発した言葉に、僕達は戸惑う。

老魔法士の双眸《そうぼう》には断固たる意志が揺らめいている。

「守るべき時に、守るべき者達を守らないのなら、生まれながら地位を与えられた我等《われら》の存在意義は何処《どこ》にあるのだ？　『流星』と『銀狼』は獣人であったが、我等が庇護《ひご》せねばならぬ年若き者達だった。……そのような恥辱を繰り返すだと？　私は非才であろうとも、恥を知らぬ愚者になったつもりはない。今までも、これからもな。ジェラルド様に伝えきれなかったは我が生涯の汚点である」

眼下の王都に轟音《ごうおん》が響き渡り、使徒の放った禍々《まがまが》しい血の斬撃によって雲が切断された。

ゲルハルトが片眼鏡を付け直し、心底忌々《いまいま》しそうに僕を睨む。

「極めて……極めて不愉快だが、此度《こたび》も貴殿等の力を借りなければならないようだ。我等では王立学校の大樹を抑えるのが精一杯だろう」

「お任せを。ステラ・ハワード公女殿下は僕の教え子なんですよ」

僕は天使の正体をわざと明かす。この老人と分かり合うことはないかもしれない。

けれど、貴族としての矜持《きょうじ》は信用に値する。

「……『天使創造の儀式場』は王都だけにあるわけではない。口伝によれば数は七つ。王都、南都、水都、南方島嶼《とうしょ》諸国の中央府のそれは死んだ。残りで確実に判明しているのは——ララノア共和国のみだ」

『っ!?』

老魔法士が驚天動地の情報を平然と返してきた。だから水都の神域と似て。

……ララノア共和国か。

ゲルハルトは屋根の縁へと進んで行き、立ち止まった。背を向けたまま冷厳な口調。

「クロム、ガードナー両侯には私も問い質《ただ》したい疑がある。その場に貴殿を呼ぶつもりは微塵《みじん》もないが……然《しか》るべき時に報告書は作成しよう」

そう言うと、ゲルハルトは答えを求めぬまま風魔法を発動させ飛び降りた。

リディヤが不愉快そうに魔剣を肩に載せる。

「……相変わらず嫌な奴《やつ》ね」

「でも、敵じゃない。十分だよ」

名門に生まれた者の務め、か。

気持ちを切り替え、自分の事のように憤慨してくれているティナ達へ向き直った。

「小鳥達が配置に着く間に認識合わせをしておきましょう」

「「「はいっ!!!」」」

鐘の音が鳴り響く中、僕は精緻な王都の地図を投影させた。同時に幾つかの光点や移動方向の矢印も加えていく。

「先程君達が見た白黒の天使は、聖剣を媒介にしてステラの身体《からだ》を動かしている存在――名はカリーナ・ウェインライト。百年前、八翼の『悪魔』に堕《お》ち、当時の『勇者』とレティ様が王宮地下へ封印した少女です。血刀を振るう長身の男は」

そこまで言って、僕は言《い》い淀《よど》んだ。

内ポケットの懐中時計を握り締め気持ちを落ち着かせる。

「……聖霊教の使徒でしょう。リディヤ、教授は動いているのかな?」

「使徒首座を名乗る魔法士アスターと、アンナ、グラハムと共に地下大墳墓で交戦中。水都で『隧星』を打ってきた魔法士がいたでしょう? あいつよ」

カレンの顔が強張《こわば》った。妹は使徒次席を名乗る半妖精族の魔法士イオ・ロックフィールドと二度に亘《わた》って交戦し、どれ程の脅威かを理解している。

その上席ともなれば、単独で一軍にも匹敵するだろう。同時に違和感も覚える。

「大戦力だね。でも――」「中途半端《ちゅうとはんぱ》です」

僕の言葉に続き、ティナが力強く断言した。

「幾ら使徒が恐ろしい魔法士や剣士だとしても、此処《ここ》は王都です。目的を達成するには戦力が足りません。『綿密な計画』はなく、突発的な決断だったんじゃないでしょうか？」

カレンとエリーが賛嘆の表情になり、リディヤも「ま、この程度はね」と零《こぼ》す。

意見を披露してくれた天才少女の魔杖に触れる。

「同感です。ティナもそろそろ僕を追い抜きそうですね。まだ家庭教師を続けても？」

「辞めたい、と言っても許してあげませんっ！　私は先生の隣でずっと——」

「ア、アレン先生、鳥さん達が配置につきましたっ！」

頬を染めて胸に手をやり、決意表明をしようとしたティナの言葉を、エリーが上空を指差しながら大声で遮った。

「……むぅ～。エリーぃ？」

「あぅあぅ、テ、ティナ御嬢様《おじょうさま》、お、御顔が怖いですぅ～」

ハワード主従のやり取りに、くすり。リィネもいてくれたらな。

右手を高く翳《かざ》して、説明を再開する。

「現状、王都では大樹による疑似的な『神域化』が発生。各宝珠を使用出来ません。使徒達が無謀ともいえる潜入を行ったのはこの状況を予期していた為《ため》でしょう。強大な戦力も、情報がなければ集中運用は出来ませんから。ただ――」

名も無き八属性魔法を静謐《せいひつ》発動。微光が上空の小鳥達を覆い、広がっていく。

ティナ達が目を丸くする中、リディヤは渋い顔になっている。

「魔法を大樹のそれとして使ってしまえば別です。感度はどうかな？　シェリル？」

繋《つな》がらなかった通信宝珠を取り出し、戦局を回天出来る同期生に話しかける。

――数拍の間があり、

『アレンっ！！！！！　無事⁉　無事なのねっ！？！！』


何かを破壊する音と共に、シェリル・ウェインライト王女殿下の大声が耳朶《じだ》を打った。

雑音混じりだが純粋な安堵《あんど》も伝わってくる。

後方の音からして、近衛《このえ》騎士団や護衛官と共に大樹の暴走に対処しているようだ。

「お陰様でね。心配かけてごめん。それでさ」

『許さないわ。絶対に許さないから、全部終わったら一週間予定を空けて――』

「五月蝿《うるさ》いわよ、腹黒王女。アレンが話していたでしょう？」

わざわざ僕の通信宝珠を使ってリディヤが会話に割り込んで来た。

肩と肩がぶつかり、体温を交換し合う。

『くっ！　リ、リディヤ、今から役割を交代しなさいよっ‼　そもそも、貴女《あなた》は私の護衛官でしょうっ⁉』

「大樹の茨を素手で引き千切る王女に護衛なんて不要よ。少なくとも王都ではね」

『ググ……』

学生時代と変わらない二人のやり取り。僕は一人じゃない。

「シェリル・ウェインライト王女殿下、専属調査官として意見を具申致します」

「「「！」」」『――っ』

ティナ、エリー、カレンが息を呑《の》み、シェリルの驚きが伝わってきた。

リディヤが何かを感じ取ったのか、歩き出す。

戦闘音と共に王女殿下の静かな返答。

『具申を許可します――狼《おおかみ》族のアレン』

屋根の縁で立ち止まったリディヤが目を細めた。視線の先にあるのは中央広場か。

「王都に聖霊教の使徒二名が侵入しました。目的は――ステラ・ハワード公女殿下の身体を使い顕現した『天使』の奪取です。大樹の茨や守護獣が各所で暴走し、一見盤面は混沌《こんとん》としていますが、各将兵への円滑な情報伝達さえ出来れば対処可能です。王女殿下には展開させた小鳥を経由させることで、光魔法による通信管制を——」

『アレン、これでいいかしら？』

いきなり通信状態だけでなく魔力感知すらも大幅に改善された。

僕が専用魔法式を提示する前に自力で構築し、即発動させたらしい。

王宮の周囲一帯を覆う規模。同時に他者の魔法を経由させる精緻さ。神業に近い。

若干呆《あき》れながらも、かつての教え子を褒《ほ》め称《たた》える。

「やっぱり、シェリルは凄《すご》いよ」

『私が凄いなら、アレンはもっと凄いわ！　王立学校時代、魔法の根幹を教えてくれたのは貴方《あなた》じゃないっ‼』『わふっ！』

シェリルに付き従う白狼《はくろう》のシフォンも同意するかのように鳴いてくれた。

どうにかこれで——リディヤがいち早く呟《つぶや》く。

「召喚魔法が発動するわ」

中央広場を起点とし、強大な魔力が放射され、上空に『黒花』が出現していく。

封印書庫でも見た——『月神教外典《つきがみきょうげてん》』に記されていた紋章だ。

その花弁の中から、鎧兜《よろいかぶと》を身に着け、手には大剣、長槍《ながやり》、大斧《おおおの》を持つ小山の如き巨大な人型が地面へ降り立ち、衝撃波を発生させた。

「先生！」「御守《おまも》りしますっ！」「まさか……」

ティナ、エリーが魔法障壁を強化し、カレンが愕然《がくぜん》とする。確かあれは……。

「アヴァシーク平原でリディヤが倒したっていう巨大魔導兵――合計で八体か」

「問題ないわよ。ほら」

東方に降り立った巨大魔導兵に紅の閃光《せんこう》が走るや猛火に包まれた。更にもう一体の長槍持ち魔導兵の腹に大穴が穿《うが》たれ、灰へと還《かえ》っていく。

『血塗《ちまみ》れ姫』リサ・リンスター公爵夫人と『微笑《ほほえ》み姫』フィアーヌ・リンスター副公爵夫人が一瞬で二体を葬《ほうむ》り去《さ》ったのだ。

通信宝珠からも『お前ら、手を出すなよっ！　そいつは俺の獲物だぁぁっ！！！！』『じゃあ、僕も』『オーウェンっ！　リチャードっ⁉』『団長と副長に後れを取るなっ！』『俺、武勲を挙げたら幼馴染《おさななじみ》と結婚――』『そいつを黙らせろっ！！！！』近衛騎士団の面々が発する勇ましい叫びが聞こえてくる。誰もまるで臆していない。

その間にも王宮近くに降り立った二体の大剣持ち魔導兵が、無数の黒槍と炎、氷、雷の各極致魔法で粉砕されていく。レティ様と三公爵殿下の手並みだろう。

八体の内、早くも四体が打ち倒されるのを見たティナとエリーがその場で跳びはねる。

「わ！」「あ、あんなに大きな相手を……」

自分の護衛官達へ『負傷者の手当を。誰も死なせないで！』と凜々《りり》しく命じた後、シェリルが話しかけてきた。

『アレン達はステラを追うんでしょう？　こっちは私に任せて！　貴方に習った魔法だもの。王都程度の大きさなら通信統制に問題ないわ。でも、その前に――』

嫌な予感。

小鳥越しに中央広場で相対する複数の巨大な魔力を感じ取っていると、王女殿下が案の定、難題を提示してきた。

『みんなに一言ちょうだい！　私の名代として、ね☆』

……やっぱりか。どうにか断ろうと必死に言い訳を考える。

「え、えーっと……柄じゃないし、立場的に」

「先生！」「お請けした方が良《い》いと思います」「兄さん、時間がありません！」

ティナ、エリー、カレンに迫られ、僕は二の句を継げない。唯一断ってくれるかもしれないリディヤへ目線を向けると、無情にも頭を振った。

「とっとと済ませなさい。名乗りには『リディヤ・リンスターの下僕』と――むぐっ」

「「今ですっ!!!」」

背伸びをして、ティナ達がリディヤの口を押さえた。

「……はぁ」

深い溜《た》め息《いき》を吐《つ》き、僕は通信宝珠を手に話し始めた。

＊

母様――リサ・リンスター公爵夫人が無造作に放たれた斬撃は、巨大魔導兵の着地を許さず両断し『蘇生』すら許さず炎上させました。灰が舞い散ります。

「凄い……」

私は剣を握り締め、住民が退避した通りの中央で呆然《ぼうぜん》とします。

もう一体の巨大魔導兵も降下してきますが、

「リィネちゃんは見ていてね～？」

後方で状況を見守っていた小柄なフィア叔母様が軽やかに跳躍。

振り下ろされる大剣を掻《か》い潜《くぐ》り――

「え～い♪」

炎を纏《まと》わせた細剣を構えて空中で急加速するや、幾重にも張り巡らされた魔法障壁と本体の装甲をあっさりと貫通！　建物の屋根に着地されます。

直後――母様の『火焔鳥《かえんちょう》』が遅延発動。

二体目の巨大魔導兵に直撃し、一瞬で燃やし尽くしました。

ホッとし、私は上空に広がる巨大な『黒花』――聖霊教の使徒が『七塔要塞《しちとうようさい》』や水都で試用した転移魔法陣を見つめました。

『神域化』のせいで依然として通信宝珠が使えず、状況も朧気《おぼろげ》にしか摑《つか》めていません。

王都上空を飛翔《ひしょう》する二つの存在に気付き、急ぎ東の丘を降りて来たのは正解でしたが……いったい何が起こって？

「上へ」

母様が近くにある最も高い建物を指差され、壁を一度だけ蹴り、登られました。私も慌てて追随します。

王都は戦場と化していました。

大樹の茨が通りや建物を突き破り、上空には蒼翠《そうすい》グリフォンに似た守護獣の群れ。

放たれる各属性魔法の光芒《こうぼう》や、微《かす》かに聞こえる戦場音楽が戦闘開始を教えてくれます。

しかも、中央広場を起点として先程の巨大魔導兵が合計で六体――

「あ！」

王宮近くにいた大剣持ちの一体が黒翠槍《こくすいそう》に貫かれ停止。二体目にも炎、氷、雷が叩《たた》きこまれていき、空気と建物を揺らしました。

「レティ様と三公爵殿下ね～」

私の後方へ降り立ったフィア叔母様が状況を推察される中、封印書庫近くでも巨大魔導兵との戦闘が始まったようです。

シェリル王女殿下は姉様と互角に渡り合う方なので心配いりませんが……リチャード兄様やリリー達は大丈夫でしょうか？

「リィネ。こっちは私とフィア、それと、あの子達で対処するわ」

私が近衛騎士団副長を務めている実兄とメイド達の身を案じる中、紅の軍装を整え母様が断を下されました。周囲の建物に左手を向けられます。

そこには、黒の魔女帽子と木製の杖《つえ》が印象的な兄様と姉様の後輩であるテト・ティヘリナさんを始め、数名の若い男女が待機していました。教授の研究生達です。

人族、エルフ、半妖精、竜人《りゅうじん》、獣人……種族は様々ですが全員、兄様がよく着られているい魔法士のローブに似た服を身に纏い、それぞれの武器を手にしています。

『みんなで話し合ってお揃《そろ》いに。あ、勿論《もちろん》、リディヤ先輩の許可は得ています！　……アレン先輩には内密でお願いします』

南都の夜に教えてくださった、テトさんのはにかみ顔が脳裏をよぎりました。

母様が指示を下さいます。

「貴女は先に中央の大噴水広場へ。教授達が戦闘中よ。手練《てだ》れのようだけど……『炎蛇《えんじゃ》』の短剣は切り札になり得るわ」

単独行動を許された！　背中に歓喜が駆け巡り、私は意気込んで頷《うなず》きました。

「はいっ！　母様とフィア叔母様もお気をつけて‼　わぷっ」

「ええ」「リィネちゃん、いい子だわぁ～♪」

フィア叔母様に抱きしめられ、豊かな胸に埋もれ頭を撫《な》で回《まわ》されてしまいます。テ、テトさん達もいるのにっ！　私はどうにか拘束を抜け出し、御二人へ敬礼。

「では、先に行っていますっ！」

「ええ」「気を付けて」

身体強化魔法と風属性魔法を使い、私は隣の屋根へ。

跳躍し、空中で振り返ると――御二人が深刻そうに話し合われているのが見えました。

屋根から屋根へ移動を繰り返し、中央広場へと突き進みます。

思ったよりも大樹の茨や守護獣には妨害されないので、速度をもっと上げても――

『今、通信宝珠を聴き戦っている人達へ。僕の名は狼族のアレン。シェリル・ウェインライト王女殿下の専属調査官です』

「兄様⁉」

私は通信宝珠から飛び込んできた落ち着いた声に驚き、黄色の屋根に着地しました。

心に安堵《あんど》が満ちますが、移動を再開します。

話しかけたいのは山々ですが……通信が混乱するのは避けなければなりません。

今はとにかく急がないと！

『現在――シェリル王女殿下とエリー・ウォーカー嬢の魔法により、通信及び映像宝珠は使用可能になっています。適宜情報を受け取って活用してください』

胸元から映像宝珠を取り出し、確認します。

――王都の詳細地図に青と赤の点が明滅しています。

建物を突き破り飛び出して来た枝を叩き斬り、空中で私は驚愕《きょうがく》しました。

「こ、これって、敵と味方の現在位置っ⁉　しかも、この魔法式って……」

どうやら、私の親友はリリーに続き兄様の魔法式をそのまま使う二人目の女の子になったようです。称賛と嫉妬が入り交じり、複雑な感情が胸の中で渦を巻きます。

地図上の中央広場に目をやると投影された青は三つ。赤は一つ。

――教授達が敵と相対している？

『大樹本体の大規模暴走は王宮魔法士様方が抑え込んでくれています。落ち着いて対処を。魔導兵も時間稼ぎと嫌がらせであり、情報を共有出来る以上、此方《こちら》が優位です』

淡々とした声色の戦況説明。戦意を高揚させる類のものではありません。

なのに――不思議です。

全く負ける気がしませんっ！

『ふふふ～♪』『リリー！　戦闘中ですよっ‼』

どうやら、リリーも同じようで、通信宝珠から鼻唄と副メイド長であるロミーの叱責が聞こえてきました。困ったメイドです。

古い塔の壁を一気に駆け上がります。中央広場はこの先！

『大樹を暴走させ、巨大魔導兵を召喚したのは二人の使徒達だと思われます。時間もない為《ため》、これ以上の詳しい言及はしませんが――一点だけ』

「えっ？」

いきなり肌が粟立《あわだ》ちました。勝手に身体《からだ》が震えてきます。

――……兄様が本気で怒っている？

ティナの『氷雪狼《ひせつろう》』よりもずっと冷たい伝達。

『使徒は王都地下大墳墓を暴き、死者の尊厳を汚《けが》したようです』

『っ！？！！！』

通信宝珠を通し、王都各地で戦っている人々の絶句が伝わってきました。

『そのような者を許すわけにはいきません。僕の師ならばきっとこう言うでしょう』

兄様が息を吸われ、決然と言い切られます。

『王都から絶対に生かして帰すなっ！』

『！！！！！』

通信宝珠自体が激しく震えました。

皆が兄様の言葉に奮い立っているのです。

同時に……強い強い悲しみを抱いておられることも。胸が締め付けられます。

『以後はシェリル王女殿下からの情報を注視してください――どうか、皆さん無事で。通信を終わります』

私は瞑目《めいもく》し、思いっきり壁を蹴り上げ、古い塔を跳び越えました。

無惨《むざん》に破壊された中央広場へ降り立つと、三人の男女と、手に古めかしい杖を持ち蒼《あお》に縁どられた純白ローブ姿で、蒼髪の若い優男が対峙《たいじ》していました。

間違いなく聖霊教の使徒でしょう。

私から見て、右側の捲《めく》れ上がった石畳上に立つ短い栗茶髪《くりちゃ》で小柄な女性――リンスター公爵家メイド長のアンナが私を一瞥《いちべつ》し『油断禁物』と合図。メイド服を埃《ほこり》で汚しています。

――敵はそれ程の強敵！

中央に佇《たたず》み、自らの周囲に七つの黒匣《こくこう》を浮かべている教授が吐き捨てられました。

「そろそろ追いかけっこは終わりにしよう、聖霊教使徒首座アスター殿？」

噴水の残骸上に佇む優男は何も答えません。

この男が使徒達の頂点！

左側で背筋を伸ばしている初老の男性――ハワード公爵家執事長グラハム・ウォーカーが、白手袋をはめ直しています。

アスターが石突きで残骸を打つや、硬質な音が響き渡りました。

広場全体に魔法式が蠢《うごめ》き――高速回転した黒匣が、七方へ飛び魔力を消失させると、魔法が掻き消えました。理解不能です。

絶句していると、教授が恐ろしく冷たく指摘されます。

「時間稼ぎの召喚はもうさせないし、逃がさない。うちの研究室の子達は皆怖いんだ。

『アレンを傷つけた存在を逃す』……どうなるか分かったもんじゃない。さ、手始めに姓を教えておくれ」

アスターの唇が不気味に歪《ゆが》みました。

杖を振り無数の氷鏡を生み出し――目で捉えきれない細い閃光《せんこう》が全てをバラバラにしました。キラキラと氷片が儚《はかな》い光を煌《きら》めかせる中、アンナが唇に人差し指をつけます。

「その逃げ方はもう観《み》ました★」

一見普段通りですが……瞳は全く笑っていません。

エリーの祖父、『深淵《しんえん》』グラハム・ウォーカーが静かに考えを口にしました。

「大陸でも稀有《けう》な氷魔法の使い手。なれど、多用するのは召喚魔法。此方の攻撃に対する反応は長年前衛を務めた騎士」

埃一つついていない執事服の老紳士の姿が掻《か》き消えました。

高速で移動したのではなく、転移魔法でもありません。

本当に――ただ『消えた』のです。

訳も分からず混乱していると、

「がっ！」「――刹那、遅い」

いきなり、魔法障壁を粉砕されアスターが吹き飛ばされました。

その脇には揺らめく黒の魔力を纏《まと》わせた蹴りを放ったグラハムの姿があります。

……どういう技？

謎の攻撃を受けつつも使徒首座は空中で体勢を制御、そのまま回転させました。

超高速で八片の小さな『花』が生まれていきます。転移魔法！

私が咄嗟《とっさ》に紡《つむ》いでいた魔法を放とうとした――正にその時でした。

「逃しはせぬよ」

猛烈な竜巻が使徒へ叩きこまれ、魔法を強制的に解体。

上空から教授の隣へ、長杖を持たれたエルフ族の大魔法士が優雅に着地します。

「御老体、遅刻ですぞ！」

揶揄《やゆ》を受け、王立学校長『大魔導』ロッド卿《きょう》は不愉快そうに顔を顰《しか》められました。

「……五月蝿《うるさ》いぞ、若造。レティ殿と三公爵を自ら率い、陣頭指揮を執られようとした陛下をどうにか強引に説き伏せ王宮へ押し込んできたのだ。少しは労《いた》わらぬか」

風が渦を巻き、学校長の杖に集束し始めました。

その色は――禍々《まがまが》しい赤黒。

初めて見る冷たい目で教授に問われます。

「で？　そやつが『使徒』という輩《やから》か？　また、黴臭《かびくさ》い称号を持ち出したものだ」

アンナが私へ指で合図を送ってきました。

『決着をつけます』

――了解っ！　剣を握り締め直し、魔法を紡ぎ続けます。機会は一度だけ。

使徒首座が短く言葉を発しました。

「『血風』か」「捨てた名だ」

学校長はそう言い切られるや、長杖《ちょうじょう》を大きく薙《な》ぎました。

同時に使徒も杖《つえ》を前方へ突き出します。

赤黒い竜巻が蒼の魔法障壁と激突！

「この程度の風魔法で貫かれる程、我の魔法障壁は――」「貫くつもりなぞない」

竜巻の勢いが増していきます。作業をこなすかのように学校長が零《こぼ》されました。

「抉《えぐ》り殺すつもりだ」

支えきれないと判断し、使徒が大きく後退していきます。防御用の氷壁を連続発動しますが、綺麗《きれい》に抉られて消えていきます。味方ながら背筋の凍る威力です。

「お前が水都にて大魔法『墜星』を放った、という話は聞いている」

学校長は目元を押され、右手にもう一本の古い長杖を顕現されました。

すると、竜巻の数が倍加。破壊を振りまきます。

「だが……魔王本人よりも強くはあるまい？　恐れる理由がない」「便乗致します★」

アンナが竜巻を迎撃すべく発動された数えきれない氷槍《ひょうそう》を『弦《げん》』で切断しました。

蒼髪の使徒はすぐさま腰の短剣を引き抜き、灰光の小さな『盾』を生み出し、竜巻と『弦』の波状攻撃を喰《く》い止めます。大魔法『光盾《こうじゅん》』の残滓《ざんし》が込められた短剣っ！

すると、教授の黒匣は高速回転し眩《まばゆ》い光を『盾』へ叩《たた》きこみました。

「⁉」

アスターが驚きの表情を見せ、同時に灰色の『盾』が崩れ落ちていきます。

こ、これって……。兄様の魔法介入⁉

王国最凶魔法士——他国の人間にそう畏怖される教授が不敵に嗤《わら》われました。

「ククク……うちのアレンを舐《な》めちゃいけない。あの子の真価は『解析』にあるんだ。しかも、惜しげもなく情報を開示する。師である僕が読んでいない筈《はず》はないだろう？」

「真《まこと》恐ろしい御方ですな。だからこそ——孫を託すに足る」

グラハムが拳を蒼髪の使徒の顔に叩きこみ、空中高く吹き飛ばしました。

——絶好機！

短剣を一気に引き抜くと、兄様御手製の制御式が発動。炎が空中を駆け巡ります。

「これでっ！！！！」

無防備なアスターは迫りくる炎蛇《えんじゃ》に対し、左腕を喰い千切られながらも空中で無理矢理体勢を立て直し、身体《からだ》を捻《ひね》って避《よ》け地面へと着地しました。

「――……え？」

攻撃が通じた喜びよりも先に困惑が勝ってしまいます。

炎蛇に喰い千切られ姿を垣間見せた使徒の左腕は……氷で作られていたからです。

「御老体」「うむ……」「形代ですな」「………」

教授と学校長、そしてグラハムが納得。アンナは沈黙しています。

アスターが袖のない左腕を振ると――千切れた外套《がいとう》すらも元通りになりました。

警戒する私達に対し、鬱陶しそうな呟《つぶや》き。

「まったく……魔王戦争の凄惨な死戦場を駆け、魔王と対峙して生き残り、魔将すらも討った歴戦の『死神』と『血風』は厄介に過ぎる。王国最凶魔法士の噂《うわさ》も過小評価だ。『深淵』に到《いた》っては……何なのだ、お前は。本当に人か？」

後半部分は心底不思議そうな問いかけ。『深淵』の異名は王国南方にまで轟《とどろ》いていましたが、実際に見てもあの移動術は理解不能です。

蒼髪の使徒首座が顔を私へ向け、感情のない蒼眼《そうがん》で私を捉えます。

「リンスターの小娘も育っている。『炎龍』の短剣を考慮してもなお、大した者と言わざるを得ない。何時の時代にあっても面倒な一族だ」

長杖を消し、アスターは前髪を手で払いました。氷片が広場一帯に舞い始めます。

「貴殿等に加え『血塗《ちまみ》れ姫』『微笑《ほほえ》み姫』と三公爵。忠誠無比なリンスターのメイド共。他の勇士達も続々とやって来る。この我では勝てまいな」

降伏する気？　でも、聖霊教の使徒や使徒候補はそんなに甘くありません。

各戦場で遭遇した連中は『聖女様と聖霊の御為に！』と叫び、命を平然と捨てました。

――つまり。

使徒首座が顔を上げました。秀麗な顔に醜悪な魔法式が這《は》いずり回《まわ》っています。

「十二分に目的は達した。愉《たの》しませてくれた礼だ――我が名は『賢者』アスター・エーテルフィールド。この醜き人の世を終わらせる者だっ‼」

そう叫ぶや否《いな》や男の身体が蒼黒い光を放ち肥大――破裂しました。

氷片によって視界が奪われる中、瞬時に教授の黒匣と学校長が強大な結界を張り巡らせてくれるのが分かりました。

「自爆……したの⁉」「いいえ！」

剣と短剣で防御していると、アンナが短く否定しました。

奇怪なことに吹き荒れる氷風が反転。集結していきます。

こ、これって……視界が急速に回復し、私達の前方に現れたのは異形の怪物でした。

巨大な亀の如《ごと》き身体に八本の蛇首。背に立ち並ぶ無数の氷針。

東都で兄様と私達が力を合わせて討伐した、千年を生きたという魔獣『針海』。

あの時よりも小型ですが、体は蒼黒《あおぐろ》い氷で作られています。

「まさか……自分の身体に召喚魔法式を組み込んでいたの⁉」

アヴァシーク平原で己《おの》が身を犠牲に、巨大魔導兵と一体化した使徒候補達が脳裏を過《よぎ》ります。聖霊教の自称『聖女』は何を考えてっ。

教授が怪物を確認し、渋い顔になられました。

「……逃げられた。いや、足止め狙いだったのか？　御老体、こいつはお任せしても？」

「若造、こういう時は率先して片付けるのが礼儀ぞ？」

事態は切迫しているのに、教授と学校長が互いを揶揄し、グラハムは表面上一切動じず、アンナも何時《いつ》も通り楽しそうです。映像宝珠の情報が更新され、兄様達が天使と使徒を追いかけ、西の丘にある聖霊教大聖堂に到達したことを報《しら》せてきました。

『針海』の背中が不気味に発光する中、私は剣と短剣を交差させ、啖呵《たんか》を切ります。

「こいつを倒さないと兄様の下へ行けないんですよね？　なら――容赦はしませんっ！　次に魔力を繋《つな》いでもらうのは私ですっ‼　そうですっ!!!」

『次は私ですよぉ～？』「御供《おとも》致します♪」

通信宝珠越しにしれっと主張してきた従姉《いとこ》とメイド長の声を聞きながら、私は全力で突撃を開始しました！

＊

「先生！　あそこですっ‼」

エリーに抱えられているティナが前方を指差した。

激しい戦闘を繰り返す天使と使徒を追いかけ、僕達がやって来たのは王都西部地区外れの高台に聳《そび》える聖霊教大聖堂。

五百年以上前に建てられたという王宮に次ぐ巨大建造物は、美しい尖塔《せんとう》と壁が斬撃と魔法で大きく破損していた。避難したのか巡礼者達の姿も見えない。

しかも……ティナを地面へ降ろしたエリーが呆然《ぼうぜん》とし、前衛を務めていたカレンが身体に纏《まと》う雷を強め警戒を強化した。

「だ、大聖堂が」「枝と茨に呑《の》み込まれている？」

「上よっ！　散りなさいっ‼」「「！」」

推察する暇もなく、リディヤの鋭い注意喚起を受け僕達は咄嗟に散開した。

上空から風槍の雨が降り注ぎ、さっきまで僕達が立っていた地面を穴だらけにしていく。

後方へ跳んだ僕は現れた存在を確認し呻《うめ》いた。

特徴的な長い首と嘴《くちばし》と爪。大きな翼と強大無比な魔力。身体は茨。

――蒼翠《そうすい》グリフォンに似通う存在の群れが敵意も露《あら》わに睥睨《へいげい》している。

「大樹自らが生み出した獣か」

「ええ。しかも」『やっ！』

隣に降り立ったリディヤが魔剣を構えて応じる。カレンの中のアトラも酷《ひど》く嫌そうだ。

大聖堂の尖塔やステンドグラスから大樹の枝が飛び出し漆黒に染まって停止した。

「どうやら、使徒に乗っ取られたみたいね」

「「えっ⁉」」

左右に散っていたティナ達が絶句。

使徒が大樹に干渉を？　地下に張り巡らされた茨の結界も何故《なぜ》か易々《やすやす》と突破された。

まさか、この力は。

何の前触れもなく顕現した『火焔鳥《かえんちょう》』が獣の群れを強襲し、過半を焼き尽くす。

「此処《ここ》は私が喰い止めるわ。先へ行きなさいっ！」

「リ、リディヤさんが先生から離れる選択を⁉」「は、はひっ」「気を付けて」

ティナが動揺し、エリーは敬礼。右手に十字雷槍を顕現させたカレンは、いち早く大聖堂へ向かって駆け出した。

降り注ぐ炎羽《えんば》の中、僕は王立学校入学以来ずっと見続けてきた少女の横顔を見つめ、複雑な想《おも》いを内包させながらも静かに話しかける。

「リディヤ……聖堂内にいる使徒のことなんだけど」

「確信はないわ。背丈も雰囲気も違う。でも、大丈夫よ。――……大丈夫だから」

最後まで言葉にする前に遮られ、公女殿下が僕の胸に頭をぶつけてきた。

僕の手を動かし、自分の右手薬指に触れさせ祈るような宣誓。

「あんたには私がいて、私にはあんたがいる。そのことを何があっても忘れないで」

女の子にこんなことを言わせて臆するのは駄目だな。怖いけど……進まないと。

炎の中、軽く抱きしめ頭を優しく撫《な》で約束する。

「──……うん。またすぐ後で。終わったらリボンを選ぼうね」

「浮気《うわき》したら、斬って燃やすから。期待しないで待っておくわ」

笑い合い、僕達は離れる。

身体強化魔法と風魔法を併用し、一気に妹達の背中へ追いつく。

「カレン、前を」「はい、兄さんっ！」

──雷光が走った。

襲い掛かろうとしていた四頭獣の長い首が宙を舞い、第二撃で大聖堂までの蠢《うごめ》く茨と枝をも一掃する。固く閉ざされていた入り口が丸裸だ。

僕は突破口を作り出そうと魔法を発動し、霧散する。

「……植物魔法が効かない？」「アレン先生、私がっ！」

躍り出たエリーが、着地するや石畳に手を付けた。

地面が揺らぎ、清浄な魔力を噴出させながら無数の枝が大聖堂へと殺到。

復活しようとした漆黒の茨を粉砕し、金属製の扉を吹き飛ばして大穴を開けた。

「や、やりましたっ！」

エリーが両手を握り締めて頰を上気させ、小動物のような瞳を向けて来る。

……『大樹守り《たいじゅまも》』にして『樹守《きもり》の末』、か。

頑張らないと本気で追い抜かれるだろうな。ま、それはそれで嬉《うれ》しいんだけど。

「御見事です。カレン、先頭を代わる――」

「先頭は私が進みます。エリー、植物で路《みち》を。ティナは適宜援護！」「「はいっ‼」」

妹は二人へ指示を出すや、進撃を再開した。エリーとティナが後に続く。

……魔力と音からして戦場は上層部のようだ。急がないと。


大聖堂内に、以前ステラと一緒に訪ねた際の面影を見出《みいだ》すことは酷く難しかった。

奥の巨大な聖印は折れ曲がり、荘厳《そうごん》なステンドグラスも悉《ことごと》く割れている。

八大魔法を表現していた天井部分の丸窓も吹き飛び、ずらっと並んでいた数百の木製ベンチも無傷な物は皆無。逃げ遅れた人がいないことだけが救いか……。

「あそこですっ！」

周囲の黒茨を掃討し終えたカレンが、十字雷槍《らいそう》を頭上に突き出した。纏う雷はますます強まり双眸《そうぼう》の紫が濃くなっていく。

そこには幾重にも黒い枝と茨が絡《から》まりあった疑似的な樹木が形成されていた。おそらく足場として――激しい衝撃と悲鳴のような金切り音が大聖堂内に響き渡り、頂点部分で白黒の天使と使徒が斬り結んでいるのが見えた。

カリーナの魔力が著しく弱まっている。

地下では四翼だったのに双翼へと減り、髪も白と黒から、白金の薄蒼に戻りつつあるようだ。リナリアの言っていた通りか。

苦し紛れに浮遊させた『銀華《ぎんか》』から光槍を放つも、斬撃で全て消失する。

使徒は前衛の剣士だが、魔法障壁も強力だ。

遂《つい》に押し負けてしまい、蒼薔薇《あおばら》の剣と魔杖《まじょう》が弾《はじ》かれて壁に突き刺さった。

それでも抵抗しようとするカリーナへ、空中に出現した複数の魔法陣から黒い茨が殺到。

壁に叩《たた》きつけて完全に拘束した。

「きゃっ……う…………」

長い薄蒼髪の少女が悲鳴を発し目を瞑《つぶ》って、ガクリと頭を落とす。

ステラに戻った⁉

鮮血が滴《したた》り、『銀華』も力を喪《うしな》って落下してくる。

「ステラっ！」「このぉっ！！！！」

カレンが居ても立ってもいられない様子で枝を駆け上がり、ティナは杖《つえ》を大きく振り氷属性上級魔法『閃迅氷槍《せんじんひょうそう》』を使徒へ放った。僕も魔法を静謐《せいひつ》発動する。

追撃しようとしていた長身の使徒は空中で方向転換。殺到した氷槍を回避し——一部が袖を掠《かす》め負傷させ、後退を強いる。少数に認識阻害をかけておいたのだ。

落ちてきた『銀華』を手にし、回転させる。

「エリー!」「はいっ!」

年下メイドが魔力に物を言わせた大規模植物魔法を発動。

大樹の枝が翡翠《ひすい》光を輝かせて神聖さを取り戻し、僕達を乗せ一気に頂上部分へ。

長身の使徒は僕達を一瞥《いちべつ》するも、空中に拘束したステラへと進もうとする。

「**絶対に、やらせないっ!!!!!**」

先んじたカレンが激高しながら閃駆《せんく》。

雷が咆哮《ほうこう》する『狼《おおかみ》』を象《かたど》り、十字雷槍を突き出し使徒へ突貫する。

フード下の紅眼が妹を冷たく見つめ、左手を翳《かざ》した。

「なっ⁉」

——必殺の突きは鈍く光る『水花』によって防がれていた。

ドロリとした気持ち悪い水によって烈《はげ》しい雷が急速に力を喪っていく中、カレンは硬直してしまっている。

使徒が血剣を振るおうとし、

「カレン！」

僕は死角から、全魔法中最速に近い光属性初級魔法『光神弾《こうじんだん》』を超高速発動させた。

ティナとエリーも呼応して『氷神槍《ひょうじんそう》』と『風神槍《ふうじんそう》』を速射する。

予期していたかのように使徒は血剣ではなく『花』で全ての魔法を防ぎ、後退した。

……拘束用の氷棘《ひょうきょく》を混ぜたことに、初見で気付いた？

脅威の度合いを最高位まで上げていると、僕達の傍《そば》へ後退したカレンが使徒を睨《にら》みながら「……助かりました」と悔しそうに呟《つぶや》く。

難攻不落と謳《うた》われた『七塔要塞《しちとうようさい》』の城門を突破した、妹の全力を防ぐ『水花の盾』。

――僕はこの魔法を知っている。

水都旧市街ニッティ家の書庫。復讐《ふくしゅう》の為《ため》、聖霊教に寝返った隻腕の老執事に埋め込まれていた。魔杖と拳を握り締め、ティナとエリーが戦慄する。

「水……の盾？」「す、凄《すご》い魔力です……」

「『光盾《こうじゅん》』の残滓《ざんし》と侯国連合から奪われた大魔法『水崩《すいほう》』です。この分だと、『蘇生《そせい》』も付与されているでしょう。……手品の種はそれだけじゃないようですが」

エリーが抑え込んでくれているものの、時折黒ずんだ枝が蠢動《しゅんどう》している。

使徒の心臓から漏れている微《かす》かな魔力は――大樹。

後方のステラは依然として蒼白《あおじろ》い顔で気を喪ってぶら下がり、両手首から流れる鮮血が所々破れた白の魔法衣を汚している。早く助けてあげないと。

エリーが風属性上級魔法『嵐帝竜巻《らんていたつまき》』を多重発動。大聖堂内を突風が吹き荒れる。

「アレン先生、ティナ御嬢様《おじょうさま》、あの人は私とカレン先生で喰《く》い止めます。ステラお姉ちゃんを、どうか……どうか‼」

「エリー⁉」「……それは」

「兄さん、教え子の決意を無下にしないでください」

カレンも僕と驚くティナを促す。

風で灰銀髪を揺らしながら、妹は十字雷槍を生み出し、悪戯《いたずら》っ子のように片目を瞑り、前傾姿勢を取り、

「妹は兄を守るもの。これが世界の理《ことわり》です——私の親友をお願いします」

竜巻を血剣で斬り飛ばした使徒との間合いを一気に詰めた。

十字雷槍を振り下ろし、すぐさま左手の短雷槍を叩きつける。

『アレン、まかせて』「先生！」

アトラと、ティナが僕を促して来る。

歯を食い縛り、決断。

「エリー、これを！」

懐《ふところ》から水都神域の水が入っている小瓶を投げ渡す。

左手で受け取った年下メイドが目を見開いた。

「二本目です。今の君なら使いこなせます」「はいっ！」

すぐ栓を開け、足場にしている枝へと振りかける。

——大聖堂そのものが大きく震えた。

雷を纏《まと》うカレンを上回る機動を見せていた使徒が天井に張り付き、フード下の細眼鏡が光を反射させた。

大樹から生まれた獅子《しし》の群れが襲い掛かり、エリー自身も両手に翡翠光を纏わせる。

神域の水は使用した者の魔力を大幅に向上させるのだ。

魔法制御に優れていなければ使用なんてとてもじゃないけれど出来ないし、『神域』に触れることには危うさもある。

だけど……今のエリー・ウォーカーならば！

僕は魔杖を回転させ、薄蒼髪《うすあおがみ》の公女殿下の杖に重ねた。

「ティナ、行きますよ」

「はいっ！　先生っ‼」

頷《うなず》き合い、ステラを救い出す為、枝の上をひた走る。

——ゾワリ。

背筋に凄《すさ》まじい悪寒《おかん》が走った。

俯《うつむ》くステラの身体《からだ》が震え、背中にぼんやりとした八翼が形成され始めている。

その色は全ての光を拒絶する星無き漆黒。

百年前の故事が想起される。『天使』は絶望から『悪魔』へ墜《お》ちた。カリーナが力を喪った今、止める者もいない。

四方から生まれた黒き茨がステラの身体を覆っていく。

突破するには——ティナが立ち止まり、魔杖を枝に突き刺した。

「こじ開けますっ!!!!」

雪風が嵐となり、氷属性極致魔法『氷雪狼《ひせつろう》』が顕現。

大咆哮して突進し、増加していく黒茨を凍結させ砕いていく。『銀氷《ぎんひょう》』か!

僕もまた耐氷結界を全力で発動。『銀華』を盾にしながら吹雪を突き抜け、

「ステラ!!!!」

眠れる公女殿下の名前を全力で呼ぶ。頬の血が流れ凍り付いた。

放たれる魔力の凄まじい圧迫を堪《こら》え、再度叫ぶ。

「起きてください、ステラ‼」

足下を這《は》う黒茨が氷茨へと変貌。長い薄蒼髪と八翼も白と黒に染まっていく。

ゆっくりと少女が目を開け、僕と視線を交錯させた。

「……ア、レン様……？」

ステラの頬を涙が流れていき――

「っ⁉」

瞬間、漆黒の吹雪が荒れ狂った。髪と翼の白が制圧され、空間全体も闇に染まっていく。

小さな子供のように泣きじゃくる少女の声。

「……わ、わたし……わたしは、貴方《あなた》を守らないといけなかったのに……守れなくて、

……貴方は私を攻撃しなかったのに、剣を、魔法も向けて……私は……私はっ‼」

この子はとても聡《さと》い。

次期ハワード公爵として。王立学校生徒会長として。カレンとフェリシアの姉として。

ティナとエリーの姉として――強い強い良識を持ち合わせている。

次の言葉を間違えれば、『悪魔』へと堕ちかねない。

『アレン、人生には大きな選択をしないといけない時が来る。……絶対な。俺は間違った。どうしようもなく間違えた。結果、クロエを喪った。でも──お前は大丈夫だ。何せ俺の相棒だからな！　泣いている奴《やつ》がいたら、どうか助けてやってくれ』

最期《さいご》の戦場で親友は僕にそう言ってくれた。

ゼル、『大丈夫』の理由が分からないよ。

でも、東都で妹さんを。王都でその姉を救う立場になるなんて……凄い確率だ。

懐から二つの小瓶を取り出す。

──水都神域の『水』と『花』。これで最後！

躊躇《ちゅうちょ》なく解放すると、神聖さが濃さを一気に増し闇の気配が遠ざかった。

『花竜』と『世界樹』の力の一端。そう長くは維持出来そうにないが……。

目の前で『助けてほしい』と泣いている子がいるのだっ。

助けなければ──イドリスの大規模召喚魔法から命を賭《と》し、僕とリディヤを救ってくれたゼルの献身を裏切ることになる！　必ず助けてみせるっ‼

激痛に耐え、顔を覆い泣き続けている少女へ治癒魔法を発動。

血を流し続けていた傷を癒《いや》し、微笑《ほほえ》んで短く呼びかける。

「手を！」

ステラの身体が震え、顔を上げた。

ポロポロと大粒の涙を零《こぼ》しながら、右手を心臓に押し付け、左手を伸ばしてくる。血で汚れた袖が酷《ひど》く痛々しい。

僕は少女の手を取り、抱き寄せた。

──『白の世界』が広がっていく。

腕の中のステラの髪と翼から闇が完全に消え去った。

『『♪』』

姿は見えないものの、アトラ、リア、『氷鶴』が歌う度、神聖さが増し、足下に白い花が生まれていく。

花畑の中には、蒼薔薇《あおばら》の剣と淡い光を放つ魔杖《まじょう》も交差して突き刺さっていた。

「ア、アレン様……あ、あの、此処《ここ》はいったい……？」

涙で目元を真っ赤にしたステラが一旦離れ、すぐに左腕に抱き着き、おずおずと質問してきた。僕はハンカチで少女の目と頬を拭い――黄金の髪と蒼の花飾りが視界を掠《かす》めた。

「ちょっと、どいていてね♪」

「わっ」「え？」

突然、僕は背中を押されステラから引き離された。

『銀華《ぎんか》』を支えにして振り返ると、前髪に花飾りを付け、腰までの輝きを放つ長い金髪で、白服を着た少女がステラを抱きしめ頭を撫《な》でていた。その表情はとても優しい。

――百年前の『天使』にして『悪魔』。カリーナ・ウェインライトだ。

「大丈夫よ。だって、貴女《あなた》は一人じゃないもの。……私に身体を貸してくれてありがとう。不安にさせてしまって本当にごめんなさい。悪意を制御出来なかったの。大好きな人に絶対剣を向けたくなかったのよね？」

「！　……い、いや、その、あの……ううう」

耳元で何事かを囁《ささや》かれ、ステラが林檎《りんご》のように頬を真っ赤にしてしゃがみ込み、純白の八翼で自分を隠した。……いや、何が。

カリーナは背中に両手を回して踊るように少し進んでいく。

突き刺さった魔杖に手を触れると、白き花々が宝珠へと集まっていく。

「ねぇ、優しくてお人好《ひとよ》しな鍵の狼《おおかみ》さん♪　一つだけ……お願いを聞いてくれる？」

言い方は穏やかだが、声は震えている。

「ええ、勿論《もちろん》」

「ありがとう。……あのね？」

清冽《せいれつ》な風が王女殿下の声を掻《か》き消《け》し、髪飾りを渡してきた。

ステラもようやく翼を解いて立ち上がり、蒼翠《そうすい》グリフォンの羽根を胸に押し付け、気持ちを落ち着けているようだ。

僕は髪飾りを大切に仕舞い、誓う。

花が散っていく。

「両親と大樹、僕の名に懸けて必ず」

蒼薔薇の剣と宝珠の形を『花』の形へと変えた魔杖が浮かび上がり、ステラの傍《そば》へ。

少女は笑顔になって、金髪を押さえ目を細めた。

『時間みたい。『天使』と『悪魔』になった私を……あの人は見つけてくれるかしら？』

『…………』

後半部分の切ない独白に僕とステラは沈黙を余儀なくされる。

――約束は必ず果たさないといけない。まして、死者との約束は。

白の世界が崩れる中、カリーナが薄蒼髪の公女殿下の手を取った。

『優しくて、ちょっとだけ真面目過ぎる聖女さん。貴女の進む道に月と星の幸運があらんことを。運命なんかに負けないでね！　私も少しだけ力を貸すからっ‼』

──白の世界が崩れる。


「先生！　御姉様っ！」「駄目です、抑えきれませんっ」「くっ！」

長杖を握り締め、ティナが僕達を呼び、エリーとカレンが苦しそうに顔を歪《ゆが》めた。

氷嵐、紫電、暴風が怖気《おぞけ》を覚える赤黒い大水球とぶつかり合い、押されている。

「アレン様、私に任せてください」

僕から離れステラが蒼薔薇の剣と魔杖を手にフワリ、と浮かび上がった。

白金の薄蒼髪と純白の八翼、双眸《そうぼう》を光り輝かせ、天使が未知の魔法を発動。

「⁉」

ティナ達を圧倒しようとしていた長身使徒の魔法が押し返され、天井と壁に直撃。

大聖堂の崩壊が更に進み、張り巡らされた足場の枝に瓦礫《がれき》が降り注ぐ。

唖然《あぜん》とする二人の妹と親友へステラが微笑む。

「ティナ、エリー、カレン、大丈夫よ。──……もう、大丈夫！　ありがとう‼」

「はいっ」「良かったぁ」「終わったらフェリシアと一緒にお説教よ！」

その間にも使徒は攻撃を再開しようとし――背中の骨の如《ごと》き血翼で、天井の大穴から奇襲をしかけてきたリディヤの斬撃を受け止めた。炎と血が衝突し、破壊を振りまく。

「……へえ」「っ！」

『剣姫』は餓狼《がろう》のように犬歯を見せると、まとめた炎羽《えんば》を武器のように使徒へ叩《たた》きつけ、下部の枝に吹き飛ばす。

三人がかりで劣勢を強いられたティナ達が、驚きと悔しさを滲《にじ》ませる。

そんな少女達を気にもせずリディヤは宙を蹴るように回転し、僕の隣へ着地した。

アンコさんも何時《いつ》の間《ま》にかカレンの左肩に陣取られている。

ステラを一瞥《いちべつ》し微《かす》かに優しい顔を見せ、端的な状況報告。

「外のは全部片づけたわ」

「了解」

少女達の視線を感じつつ、僕はフードが破れた長身の使徒を見下ろして問う。

身体と声が震える。

「一つだけ、質問があるんです。……貴方はいったい………誰なんです？」

「………」

答えはなく、翠《みどり》混じりの白髪の使徒は血剣を両手に持ち替え——空間を薙《な》いだ。

「「っ⁉」」

ドロリとした黒い水球が次々と変化。数えきれない血の剣も顕現し、僕達を強襲する。

普通の魔法では防ぎ切れそうにない。

——蒼白《そうはく》の光が空間を支配し、浄化する。

「防御は私が！」

八翼を羽ばたかせステラが『蒼楯《そうじゅん》』を布陣させ、完封してみせたのだ。

「カレン、行くわよ！」「っ！　言われなくてもっ‼」

リディヤが思いっきり枝を蹴り、妹を鼓舞する。

二人の接近を許してしまった長身の使徒は、炎羽と紫電でフード付き外套《がいとう》をボロボロにされながら信じられない剣技で猛攻を凌《しの》ぎに凌ぎ、壁を駆け上がった。

跳躍するや天井を蹴り飛ばし、急降下。狙いは——僕か！

「通さないっ！」「させませんっ！　ティナ御嬢様《おじょうさま》！」「やぁぁぁあっ！！！！」

ステラの『蒼楯』が恐るべき氷刃《ひょうじん》となって使徒を迎撃。

エリーの『嵐帝竜巻《らんていたつまき》』で増幅されたティナの『氷雪狼』が空中で男を捉え——

『なっ！？！！』

唐突に全ての魔法が枝分かれした血刃で両断され、消失した。

僕と同じ枝に使徒が降り立つ。

今の一撃で柱にも致命傷が齎《もたら》されたらしく、大聖堂が苦しそうに揺れた。

外套の上半身の一部が破けている。

「…………嘘《うそ》だ。今の技はあいつの…………」

身体《からだ》が勝手に震え、紡《つむ》いでいた魔法式も崩れ消えていく。

「先生？」「アレン先生？」「兄さん？」「…………」

ティナ、エリー、カレンが訝《いぶか》しそうに僕を呼び、リディヤとステラは心配そうに沈黙。

背丈が違う。顔つきも大人びて、十六歳の表情ではなく二十代前半に見える。

あいつはこんな髪色じゃなかったし、こんな冷たい目で僕を見やしなかった。

心臓部分から『水崩《すいほう》』と大樹の気配が濃厚に撒《ま》き散《ち》らされ、頰を『光盾《こうじゅん》』『蘇生《そせい》』の魔法式が這《は》いずり回《まわ》る。

最早《もはや》これは魔法なのではなく……死した人を動かす呪い。

僕は歯を食い縛って亡《な》き親友の名前を呼んだ。

「……ゼル？」「…………」

沈黙は僕の心を刺し貫いた。

身体を支えきれず崩れそうになり──紅髪が目を掠め、胸で受け止められる。

決然としたリディヤの指示が飛んだ。

「ステラ、カレン、エリー、少しの間でいいわ、その大馬鹿を喰《く》い止めなさいっ！」

「分かっています」「……了解です」「はいっ！」

少女達がゼルに立ち向かい、僕の為《ため》に時間を稼いでくれる。

残されたのは僕とリディヤ。そして、不安そうに杖を握り締めるティナだけだ。右手甲の『氷鶴《ひょうかく》』の紋章が激しく明滅している。

紅髪の美少女が魔剣を杖に突き刺し、僕の両手を胸に押し付け目を瞑《つぶ》った。

「繋《つな》いで！　アトラもそう言っている筈《はず》よ」

分かっている。分かっているのだ。

ゼルベルト・レニエは半吸血鬼にして最強の魔剣士。

僕達も死力を尽くさなくては勝てはしない。……だけど。頰を涙が伝う。

「……リディヤ、僕は……僕にはっ……あいつとの約束を守ることが……」

「はぁ……ほんと仕方ない魔法使い様ね」「あ！」

ティナが息を吞《の》む。

──僕をリディヤが抱きしめたのだ。

「さっきも言ったでしょう？　大丈夫よ、私がいるわ。アレンだけに背負わせたりしないし。そんなことはさせない。……忘れないで。私は貴方《あなた》の、貴方だけの『剣』なのよ？貴方の咎《とが》は私の咎。貴方の為なら、世界を敵に回したって構わない」

この相方はズルい。僕の奮い立たせ方を誰よりも知っている。

涙を拭い、微笑《ほほえ》む美少女へ軽口を返す。

「──……そんなこと出来ないよ。今日は珍しく優しいね？」

「し・つ・れ・いね。私は何時何時だって優しいでしょう？」

「ふふ」

「……ん」

笑い合い、額をぶつけ、

魔力を深く繫ぐ。

リディヤの背に白炎の八翼が生まれた。

額を離すと名残惜しそうな顔になり──魔剣を引き抜いた。

そして、顎に右手人差し指をつけ、口をパクパクさせているティナをこれ見よがしに煽《あお》る。『炎麟《えんりん》』の紋章が先程よりもはっきりと濃い。

「リアが『必要かも～？』と言うから残したけど……別にあんたは必要なかったわね。とっとカレン達の援護にいきなさい。しっしっ」

「なぁっ!? い、言うにことかいて――」「ティナ、手を」

「！ は、はい……」

猛《たけ》っていた薄蒼髪《うすあおがみ》の公女殿下は表情を一変させ、恥ずかしそうに手を伸ばしてきた。

――魔力を繋ぐ。

少女の背に白蒼氷の双翼が出現し、氷華《ひょうか》が魔杖《まじょう》に力を与える。

『氷鶴』は怒っているようだが、理由は不明だ。

手を自分の胸に持って行き、ティナは前髪を左右に揺らしながらはにかんだ。

「……えへへ♪」

僕達は頷《うなず》き合い、すぐさま戦闘態勢を取った。

「小《ち》っちゃいの、分かってるわねっ！」「ティナ、ですっ！」

薄蒼髪の公女殿下が後ろ髪のリボンを取り杖へ結び付け、魔剣に重ねた。

炎羽と氷華が混ざり合う中、僕もとっておきの技を準備していく。

眼前ではゼルが素手で黒獅子達《くろじしたち》を薙ぎ払い、エリーへと迫り、カレンとステラが雷槍《らいそう》と光氷槍で後退を援護する。大聖堂の崩壊はますます進行。倒壊もそう遠くはないだろう。

「…………」

ゼルが後方へ大きく跳んだ。

あれだけ忌《い》み嫌《きら》っていた血翼を広げ、空中で前傾姿勢。腰の短剣を握り締める。

その紅眼は僕だけしか映していない。

「いくぞ――『欠陥品の鍵』！」

アリシアに匹敵する赤黒い魔力が短剣へと結集し――一気に抜き放たれた。

短い剣身が極大化。範囲内の全てを斬り裂く。

服を血と埃《ほこり》で汚した最後方のエリーとカレンが驚愕《きょうがく》する。

「巨大な血の刃《やいば》⁉」「兄さんっ！」

純白の八翼を羽ばたかせ、蒼薔薇《あおばら》の剣と魔杖を手にステラが立ち塞がる。

「アレン様は私が絶対に守りますっ！！！！」

『蒼楯』が幾重にも重なって花を模し、血の斬撃と大激突。

氷片が天井や壁、枝を凍結させ、飛び散った血が呪いを発生させ、浄化されていく。

「エリー！」「はいっ！」

すぐさま、妹と年下メイドも雷と風障壁でステラを援護する。

「舐《な》めてるんじゃないわよっ！」「いきますっ！」

リディヤとティナが交差させた魔剣と長杖を掲げ、振り下ろす。

炎風、雪風と共に、過去最大の『火焔鳥《かえんちょう》』と『氷雪狼《ひせつろう》』が左右から血の斬撃を喰い破った。

魔力の奔流が巻き起こる中、少女達が振り返って僕の名を叫んだ。

「先生っ！」「アレンっ！」「アレン先生っ！」「兄さんっ！」

「**せめて……せめて、君が教えてくれた技でっ！！！！**」

ゼルのいる上空へ遷移し、制御可能な全魔力を込めた魔杖『銀華《ぎんか》』を振り下ろす。

穂先の刃が極大化し、大聖堂を上から下まで白の閃光《せんこう》が駆け抜ける。

――呑み込まれる直前、親友が唇を微《かす》かに動かした。やるなぁ、相棒。

大衝撃と大暴風。

瓦礫《がれき》で視界が喪《うしな》われる中、僕は浮遊魔法を発動させ、ボロボロな枝に降り立った。

近くには荒く息を吐くステラ。他の子達も無事のようだ。

「……魔王が本拠地ドラクルに比類する、ウェインライト王都を強襲しての『天使』回収は無理筋であったか……しかも混じりの『四翼』。死した儀式場では難しいか」

上空から淡々とした声が降って来た。

僕も含め皆の驚きが伝わり、エリーの風魔法が視界を回復させる。

顔を上げると、そこにいたのは古めかしい杖を持つ蒼に縁どられたフード付き外套姿の優男だった。

通信宝珠で聞いた名は使徒首座『賢者』アスター・エーテルフィールド。

ゼルを氷鎖で拘束し、フード下の蒼眼《そうがん》が僕を捉える。

「未調整とはいえ、アリシアを超え得る我が最高傑作を退けるとはな。聖女が入れ込むだけのことはある——見事だ、新しき『流星』。次の儀式場で会うのを楽しみにしている。精々足掻《あが》いて見せてくれ」

「待て、っ！」

八片の『花』を模した魔法陣が出現するとほぼ同時に、ステラの身体がグラリと揺れ、蒼薔薇の剣が手から滑り落ち、八翼も消失。地面へ向けて落下していく。

至近で出現した『花』の影響か、浮遊魔法が発動しない。

今ここでゼルを追わなければ奪還するのは。

刹那考え――僕は跳躍し、気絶したステラを空中で抱きかかえた。

ゼルと視線が交錯。


「そうだ！　それでいいっ!!　それでこそ――俺の相棒だっ!!!」


懐《なつ》かしき友の称賛に背が震える。

影響を脱したことで浮遊魔法が発動。

ティナ達も猛然と攻撃魔法で追撃しているが、『賢者』の魔法障壁に阻《はば》まれている。

漆黒の闇に呑み込まれていく親友の細眼鏡の奥に見えたのは、強い強い悔恨。

「俺のように……守らなければならない『星約《せいやく》』を違《たが》え、愛する者すら守り切れなかった愚かな俺のように……お前は選択を、自らが守るべき存在を誤るなっ！」

声が出ない。出せる筈もない。二人の姿が消え、『花』も崩れていく。

――耳元で囁《ささや》かれる。風魔法だ。

「ララノアで待っている。次はあの夜の約を、どうか……どうかっ！　果たしてくれ。……何時《いつ》も何時も本当に悪いな、アレン」

「ゼルっ！！！！！！！！！！！！！！！！！！！！！！！」

絶叫し左手を伸ばすも、頭上の魔法陣が完全に消失した。

僕は右手でステラを抱きかかえたまま、立《た》ち竦《すく》み動けない。

少女達が追撃を中断し、飛び降りてきた。早く脱出しないと大聖堂が持たない。

「……先生」「……アレン先生」「……兄さん」

ティナ、エリー、カレンが心配そうに僕の様子を見守ってくれている。

「……アレン様……」

意識の戻ったステラも頬に触れてきた。

最後まで追撃を強いたリディヤも近寄って来て、口を開こうとし――穴だらけだったステンドグラスがけたたましい轟音《ごうおん》と共に突き破られた。

「「！　あ、新手っ⁉」」

ティナ達が驚きながら、迎撃しようとし――呆気《あっけ》に取《と》られる。

現れたのは長い金髪を煌《きら》めかせ、純白の魔法衣を身に纏《まと》ったシェリル・ウェインライト王女殿下。アンコさんを背に乗せた白狼《はくろう》のシフォンも申し訳なさそうだ。

同期生が自信満々に豊かな胸を張る。

「アレン！　私が来たわよっ！！！！　さぁ……敵は、いったぁっ⁉」

この間も落下してくる瓦礫を炎で処理しながら、リディヤが同期生の頭を小突いた。

指を突きつけ、ジト目。

「馬鹿王女っ。少しは空気を読みなさい、空気をっ！　あんたは王立学校時代から」

くぅ〜。

みんなの視線がステラに集中した。

「………あぅ」

頬が真っ赤になり、前髪が立ち上がり僕の胸に顔を埋《うず》め、いやいやと頭を振った。

『守るべき存在を誤るな』

――そうだね、ゼル。

僕は少女達を見渡した。『♪』アトラも励ますように歌ってくれている。

「帰りましょうか。ステラも僕もお腹《なか》がペコペコです」

エピローグ

「では、天使になっていた時の記憶は残っている、と——どうぞ、ステラ」

「はい、ぼんやりとですけど。ありがとうございます、アレン様」


僕は温かい紅茶を入れたカップを、大きなソファーに腰かけている少女へ手渡した。

髪をおろし、ケープに薄蒼《うすあお》の寝間着姿。ハワード公爵家屋敷《けやしき》の自室なこともあってか、のんびりとした雰囲気だ。脇机上には神聖さを帯びた細い銀の腕輪が浮いている。

聖霊教使徒達による王都襲撃から三日。

事件の報告書作成や諸々《もろもろ》の会議に駆り出されて、今日になってようやくステラとの面談時間が取れた。……決して、過保護極まるワルター様に阻まれていたわけではない。

窓の外は良い天気で、破損した大通りに『紅備《あかぞな》え』が集まり土魔法で道を修復している。きっと、王都各地で似たような光景が見られることだろう。

絨毯《じゅうたん》の敷かれた暖炉前ではシェリルが『護衛よ！』と置いていった白狼《はくろう》のシフォンを

枕に、白服幼女のアトラとリア、黒猫姿のアンコさんが眠っている。とてもとても可愛《かわい》い。

ステラがカップをテーブルへ置き、僕の左肩に右肩をくっつけた。

「あの子は……カリーナは、ずっと泣いていました。『私は、私の大好きな人を助けなきゃいけなかったのに、死なせてしまったの』って。重い病に臥《ふ》せた恋人の『銀狼《ぎんろう》』を救える、と謎の魔法士に囁かれて地下の聖剣を使ったみたいです。……でも、悪い魔力をずっと抑え込んでいたのも彼女なんです」

ウェインライトの王女と獣人族の英雄。

心を通じ合わせた者がお互いを守ろうとした結果……英雄は死に、優しき少女は『天使』から『悪魔』へと堕《お》ちた。

『天使創造』の儀式場、か。

千年以上かけて『八翼』だった天使が、今回は約百年で『四翼』。

十一年前の『十日熱病』はもしかして、魔力を無理矢理注ぎこむ為《ため》に人々を……。

不吉な考えを振り払い、僕はステラと目を合わせた。

「カリーナとした最後の約束――『彼の隣で眠らせてほしい』は必ず果たします。蒼薔薇《あおばら》の剣を中心に神域化し、人の入れなくなった大聖堂の件も何とかしないと……今度相談させてください。ただ、今は身体《からだ》を休めるように！　氷魔法の件も解決しましたしね」

「い、いえっ！　みんなやアレン様を働かせて、私だけが休むなんて出来ませんっ‼」

ステラが慌てて両手を振ると、輝く雪花が舞った。

数ヶ月の間、この子を悩ませ続けていた光属性の異常は無事完治したのだ。

試し打ちは本人も驚く程の威力で、公爵家の一角に氷河を作り出したと聞いている。

竜は嘘《うそ》を吐《つ》かない。

「……僕もみんなから『現場に出るのは当分禁止っ！』と。内々とはいえ、国王陛下のサインが入った文書まで持ち出してきたんですよ？　リィネやリリーさんにも、『兄様、順番的にはリィネの筈《はず》です！』『アレンさん、腕輪を外した理由を教えてください★』と詰《きつ》問《もん》されましたし、散々です」

教え子達や妹が成長してくれるのは嬉《うれ》しい。けど、シェリルやリディヤから悪影響は受けてほしくないんだけど……。腕輪は僕のせいじゃないと思うし。

僕の袖を摘まみ、ポツリ。不思議と嬉しそうだ。

「私も父に相談しました。『アレン様を休ませてください』と」

「なっ⁉」

シフォンがふさふさな尻尾を大きく動かした。悪い公女殿下に嘆いてみせる。

「……フェリシアならいざ知らず、ステラに裏切られるなんて」

「アレン様をお休みに出来るなら悪い子になります。あと、フェリシアも同罪です。うちの家から派遣している者が『会頭と番頭が働き過ぎで……』と零《こぼ》していました」

この議題で僕に勝ち目はないらしい。

懐中時計を取り出し、時刻を確認する。

「もうこんな時間ですね。少しだけ出てきます。その前にこれを」

ハンカチに包んでおいた蒼のリボンをステラへ手渡す。返しそびれていたのだ。

「これ、私の……」「ステラが良ければ後で髪を結います」

受け取ったリボンを抱きかかえ、公女殿下は唇を尖《とが》らせた。

背中に現れた可愛らしい白い羽がパタパタと羽ばたく。自覚はないらしい。

「……アレン様は意地悪でズルい御方ですね」

「何故《なぜ》か時々言われます」

「う～」

クッションに倒れ込み、少女は手足と羽を恥ずかしそうに動かした。

僕は脇机の腕輪を右手に付けると、入り口の扉の前で名前を呼んだ。

「ステラ」「？」

上半身を起こした蒼髪の聖女に微笑《ほほえ》みかける。

「無事で本当に良かったです。これからもよろしくお願いします」

「――……ふぇ」

見る見る内にステラの顔は真っ赤に染まり、クッションで口元を隠した。

「……やっぱり、アレン様はズルい、です……」


広い廊下を歩いて行くと、目的地である会議室への進行方向に待ち人が立っていた。

長い栗色《くりいろ》髪でやせっぽちに蒼白《あおじろ》い肌。眼鏡をかけ、片目は前髪に隠れてしまっている。

「アレンさん、遅いです！」

何故かメイド服姿の少女――ステラとカレンの親友である、フェリシア・フォスは腕組みをし不満を露《あら》わにした。服装はメイドさん達に吹き込まれたのだろう。

この仕草、胸がちょっと強調されているのは注意した方が良《い》いんだろうか？

「……時刻通りですよ。さ、行きましょう」

「むぅ～」

僕の悩みに気付いていない眼鏡少女は唸《うな》りながらも、後を付いてきた。

今日はこれから、僕とフェリシアが会頭と番頭を成り行きで務めているハワード、リンスター両公爵家合同商社の会議があるのだ。

王国北方を根拠地とするハワードの屋敷《やしき》は防寒意識が非常に高く、寒さは感じないが、念《ねん》の為フェリシアの周囲だけ魔法で温度調節しておく。この子は身体が決して強くない。

「活躍聞きました。各家の軍、部隊へ臨時で物資を完全供給……僕は隠居を」

「駄目です。却下です。寝言は寝て言え、です」

半歩後ろを歩くフェリシアが辛辣に言い放ってきた。

額を押さえ、大袈裟《おおげさ》に嘆く。

「嗚呼《ああ》……初々《ういうい》しかったフェリシアがそんな言葉を覚えるなんて。人の世は無常ですね」

「今回も大変な功績を挙げられた『剣姫の頭脳』様のせいだと思います。それとも、『流星』様、もしくは『水竜の御遣い』様とお呼びした方が良いですか？」

御機嫌よろしからず。わざわざ称号で呼ぶなんて。

眼鏡少女の額をほんの軽く押すと、簡単によろめいた。

「酷《ひど》い人もいたものですね。今度会ったら『それよりも自分の身体を大切に！』と、フェリシア・フォス番頭をお説教するよう言っておきます」

「うぅ～！」

何時《いつ》ものやり取りに心が和む。

魔法や故事を研究するのは大好きだけど、商会の仕事も嫌いじゃない。

だからこそ、少しだけ躊躇《ためら》いもある。

目の前で悔しそうに地団駄を踏む少女を巻き込んで良いんだろうか？

僅かに逡巡《しゅんじゅん》した後、僕は口を開いた。

「フェリシア、個人的な私情絡《がら》みなんですが、一つお願いを……」「いいですよ」

言い終わる前の返事に戸惑う。

やせっぽちな少女が挑みかかるかのように僕を見上げた。

「昨晩、西方ゾルンホーヘェン辺境伯閣下との会談依頼が届きました。先日、アレンさんが否定的だった『王国西方への商圏拡大』。その方針転換絡みじゃありませんか？」

フェリシア・フォス——アレン商会の敏腕番頭にして、先の戦役においては南方戦線における兵站《へいたん》総監代理として辣腕を振るった才女。

この子は戦場の魔法士にあらず。ペンと書類で相手を圧する魔術師なのだ。

僕はほんの少し両手を上げ、内ポケットからメモを取り出し手渡した。

「王国西方へ販路を拡大するとなると、市場調査を行う必要性があるでしょう？　その際、古い伝承や御伽話《おとぎばなし》を極秘で集めてほしいんです。内容は書いておきました」

「指示しておきます」

メモを見もせず丁寧に折り畳み、フェリシアは大事そうに懐《ふところ》に仕舞いこんだ。

エルフ、ドワーフ、竜人《りゅうじん》、巨人、半妖精族といった長命種の古老達は、人族が知らない禁忌を知っている。ゼルを辱《はずかし》めた聖霊教と戦う為、僕は知らなければならない。

……歴史の闇を。

その為なら、なんだってやる覚悟は出来ている。

レティ様から非公式に伝えられた魔王本人との会談だってだ。

ゼルが最後に教えてくれたララノア共和国は政情不安が伝わって来ているけれど……ガードナーの情報『生きている儀式場』とも符合している。

近い将来、僕は彼《か》の地へ行くことになるだろう。たとえ、罠《わな》であっても。

だけど……フェリシアへ真剣に問いかける。

「理由を聞かないんですか？　僕は君を大事に巻き込むかもしれないんですよ？　エルンスト会頭の行方もまだ……」

「話したくなったらで構いません。私は貴方《あなた》を信じています」

眼鏡少女が豊かな胸を張った。頭のホワイトブリムが揺れる。

「番頭は会頭を支える存在なんです。貴方がしてくれた初めての我《わ》が儘《まま》——全力で叶《かな》えてみせますから覚悟しておいてください。意地悪で、魔法は好きだけど実は戦いが大嫌いで、誰よりも優しくて、誰よりも自分に厳しい魔法使いさん？」

呆気《あっけ》に取《と》られ、くすりと笑う。僕は孤独じゃない。頼りになる人達がいるのだ。

「覚えておきます。ドジっ子属性持ちな番頭メイドさん」

「ななななっ！　こ、ここで、服装の指摘をするんですかっ⁉」『……あ、あれ？　聞いてこないなぁ？　似合ってないのかも？？』と思っていた、幼気《いたいけ》な私を」

「でも、とても可愛らしいですね。似合っています」

ティナと同じくらいの百面相を見せてくれた眼鏡少女へ素直に感想を告げる。

眼鏡少女の動きが急停止した。

「！　か、かわ、かわいいって——……きゅう」「おっと」

目を回し倒れ込んできたので、慌てて受け止める。

廊下の角に潜んでいたアレン商会付のメイドさん達が顔を覗《のぞ》かせ、満面の笑みを浮かべ、唇を動かした。

『完璧の完璧、でございますっ☆』

……謀《はか》られたらしい。

両手でフェリシアを抱きかかえ会議室へ運びながら、窓の外を見る。

ティナ達はちゃんと復旧作業を頑張っているかな？

*

「終わりましたっ！　私の勝ちですね、リィネ‼」

「説明を聴いていなかったんですか、首席様。勝負はあっちの大穴修復までです」

「なっ⁉」「あぅあぅ。け、喧嘩《けんか》は駄目ですぅ～」

「フッフッフッ……私が勝つわっ！　テト、手が止まっているわよ？」

「「シェリル王女殿下⁉」」「え、えーっと……」

戸惑う私を他所《よそ》に御嬢様達《おじょうさまたち》と王女殿下が楽しそうに戯《たわむ》れながら、魔獣『針海』を模した氷像によって破壊された中央広場を猛然と修復していきます。

……どうして、一般人の私がこんな方々と一緒に作業を。

魔女帽子のつばに触れ、杖《つえ》の石突きで土魔法を発動。周囲の壁を直していると、破損した魔力灯を雷槍《らいそう》で薙《な》ぎ倒《たお》し、狼《おおかみ》族の少女――カレンさんが一喝しました。

王立学校の制帽と制服が同性ながら格好いいですね。

「貴女《あなた》達、真面目にやりなさい。兄さんに言いつけますよ？　王女殿下もですっ！」

『は、はいっ！』

ティナさん達は最敬礼。カレンさんが私へ会釈《えしゃく》し、作業に加わっていかれました。

やっぱりアレン先輩の妹さんです。

「この分なら、今日で概《おおむ》ね片付きそうね」

大学校で幾度も聴いた先輩の声に戦慄が走り、私は跳び上がりそうになりました。

教授に口止めされたとはいえ、私はゼルベルト・レニエ男爵の遺体が聖霊教によって奪取されたことをアレン先輩達へ伝えていなかったのです。その結果は考える以上に最悪。

まさか、聖霊教が英雄本人を生き返らせて戦場へ投入してくるなんて……。

アレン先輩には泣きながら謝りましたが……激しい動悸《どうき》を覚え、近くで復旧作業に従事している研究室の面々に助けを求めるも現実は非情。応答はありません。薄情者ぉぉぉ。

隣に立った長い紅髪で剣士服の美少女へ、勇気を振り絞り話しかけ、

「あ、あの！　リ、リディヤ先輩‼」「テト、質問するわ」

あっさりと遮られてしまいます。

――『剣姫』様は怒っています。信じられないくらいに。

「今回の件、奴等《やつら》の目的は何だったと思う？」

静か過ぎる問いかけ。生きた心地がしません。

「……『天使』の奪取、じゃないんですか？」

応じられた自分を褒《ほ》め称《たた》えたいです。あと、近くの建物の上からこっちの様子を察知して逃げたみんなは絶対に許さないし、イェンとの同棲《どうせい》解消だって辞しません。

リンスターのメイドさん達と合流し、次の修復競争を始めたティナさん達を見つめながら、リディヤ先輩が紙片を差し出してきました。そ、そんな。

「『王都西方郊外でクロム、ガードナー両侯爵の遺体を発見』……これって、まさか」

「王都強襲は『囮《おとり》』。別働による両侯爵暗殺及び情報断絶が狙い。王宮はそう考えているわ。手口からして、襲撃者は使徒次席『黒花《こっか》』イオ・ロックフィールドでしょうね。茨と花に包まれ新たな『神域』となってしまった西方の大聖堂や、回収不能な蒼薔薇《あおばら》の剣の問題を放り出して大混乱中よ。事実、私達は得られる筈《はず》だった情報を喪《うしな》った」

水都で交戦した半妖精族の恐るべき魔法士が脳裏に浮かびます。私の呪符を平然と受け切ったのは、アレン先輩、リディヤ先輩、アンコさん以外では初めてでした。

視線の先では異国装束のリリーさんがカレンさんと話し込んでいます。アレン先輩の妹さんだけあって、人を絆《ほだ》すのが巧みなのかもしれません。

「だけど……百年前の再来を恐れ、王都には最精鋭が集結していたのよ？　使徒二人じゃ成功確率は低い。そのことを理解した上で『賢者』は『天使』を欲《ほっ》した。でも……」

強風が吹き、先輩の紅髪を靡《なび》かせました。

「『聖女』は違う」

断言に心が激しくざわつきます。

目的の裏表。そして——相違。『聖女』と『賢者』。

……私達は何かを見落としている？

リディヤ先輩の瞳にはゾッとする程冷たい煉獄《れんごく》が見て取れました。

「あの女はアレンに辱めたゼルベルト・レニエを見せつけ、自分の存在を強く認識させる為《ため》——ただそれだけの為に王都を襲わせたの。『ねぇ？　私を見て』。……あいつは傷ついたわ。近い内にララノアへ行くことになる。たとえ、罠だろうとね」

「…………」

私は答えを返せません。

——『剣姫』リディヤ・リンスター公女殿下の横顔にあったのは強い焦燥でした。

右手の甲に大精霊『炎麟《えんりん》』の紋章が現れます。

「研究室の面々から護衛役を選抜しておきなさい。私は立場上すぐにララノアへ動けない。

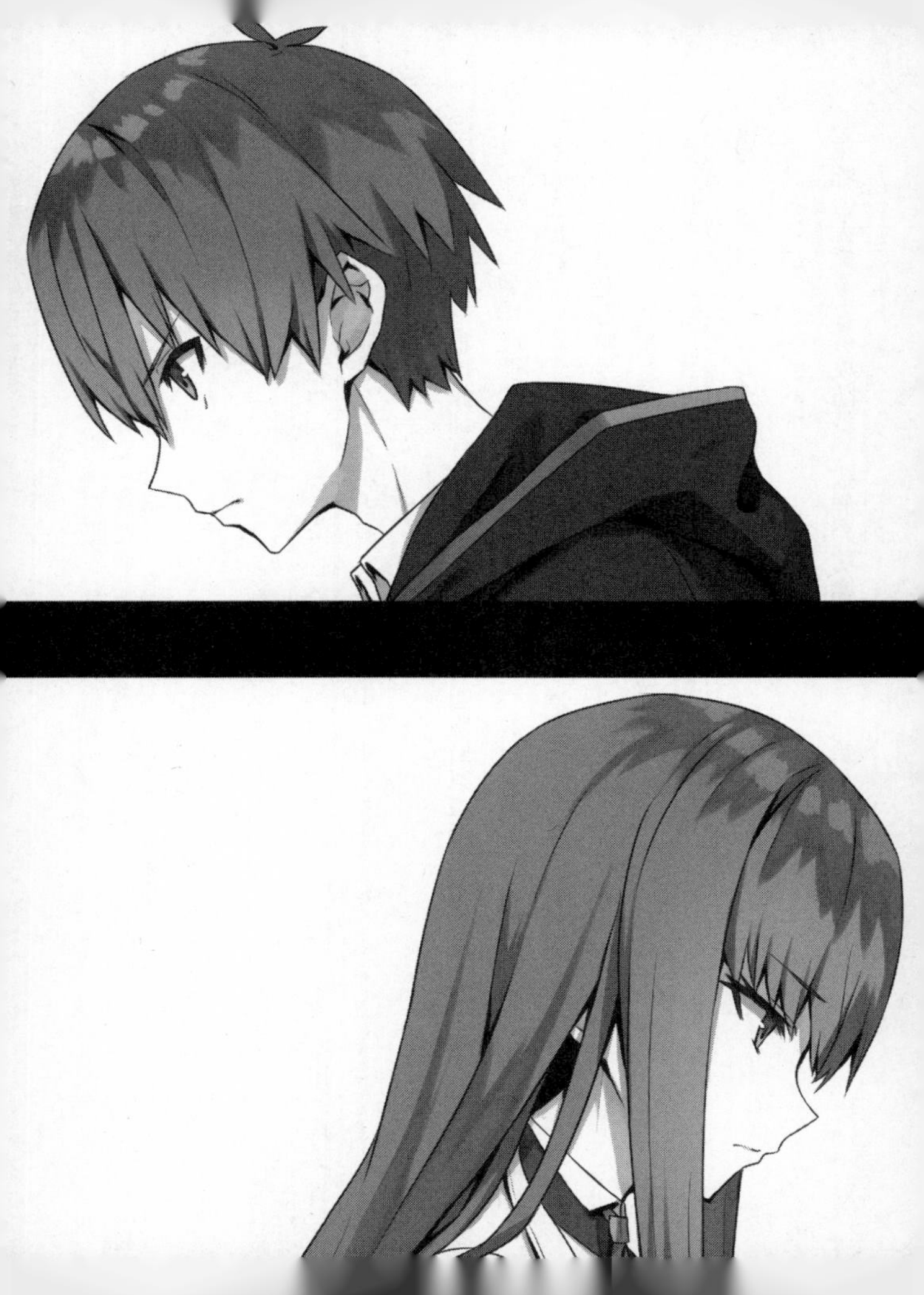

……やっぱり、亡命しておくべきだったかしらね」

「と、いうわけで現在ロックハート伯爵家は大変混乱している状況です。『翠風《すいふう》』様の御期待に添い、古い歴史を遡ることはとても……申し訳ありません、辺境伯閣下」

＊

王国西方の中枢都市西都。ゾルンホーヘェン辺境伯家の屋敷《やしき》の一室。

私——淡い翠《みどり》の礼服姿のゾロス・ゾルンホーヘェンに対し、近衛《このえ》騎士の隊服を着て腰に片手剣を提げている年若い人族の少女は深々と頭を下げてきた。

窓から入り込む暖かく穏やかな風が心地よい。王国西方の冬は北方程烈《はげ》しくないのだ。

椅子に腰かけたまま、鷹揚《おうよう》に応じる。

「状況は理解した。我等エルフであっても歴史の管理は難しい。王都の副長には私の方から報告しておくとしよう。感謝する、『幸運騎士』ヴァレリー・ロックハート殿」

「あ、ありがとうございます……」

東都の大樹を巡る攻防戦で抜群の功績を挙げ、終始激戦に身を投じながら掠《かす》り傷一つ負わなかったと伝え聞く、最年少近衛騎士は恥ずかしそうにはにかんだ。

『ロックフィールド』の分家とされる、ロックハート伯爵家から新しい情報を得られないとすると……半妖精族の『グレンビシー』、竜人族《りゅうじん》の『イオ』と談判する他ない、か。

魔王戦争以前も以後も、西方諸部族の仲は決して良好とは言えない。侃々諤々《かんかんがくがく》の論議は避けられまい。どうにもならぬ場合は……かつての上官から届いた書類へ目を落とす。

『アレン商会との商談について』

新たな『流星』の力を借りねばならぬかもな。レティ様も『流星旅団』の元部隊長達も、あの青年を高く買っている。……直接会談を申し込んで来た魔王もだが。

「それにしても……ロックハート家にハークレイの者が匿《かくま》われていた、とは。陛下は子息の処罰を考えておられなかったと思うが？」

「父にはそう進言を。妹と仲良くしてくれるのは嬉《うれ》しい——あら？」

「ヴァレリー殿？」

少女騎士は問いかけに答えず、窓の外を指差した。

庭には冬でも花々が咲き誇っている。

「小さな女の子？」

ヴァレリーの呟《つぶや》いた通り、そこにいたのは東国の珍しい紙製日傘を持つ、黒紫色の異国装束を着た少女だった。小さな手を花に伸ばしている。

顔は見えないが、長い白銀髪と雪のように白い肌が美しく、肢体は華奢《きゃしゃ》だ。

この格好何処《どこ》かで——……異国の傘と装束に白銀髪だと？

「っ⁉　い、いかんっ」「閣下？」

私は少女騎士が驚くのも気にせず、転がるような勢いで庭へと出た。

屋敷から家人達とヴァレリーの同僚達も出て来て、少女を咎《とが》めようとしている。

「**待てっ！！！！！**」

大声で制し、両手を広げ間に割って入る。

『？』「ど、どうされたのですか？？」

私は戸惑う家人達と後を追って来たヴァレリーに釘《くぎ》を刺す。

「皆、私が許可を出すまで何もするなっ。私達でどうこう出来る相手ではないっ！　『剣を抜いた者は倒れる覚悟を持って然《しか》るべき』——古き故事を思い出せ」

「フフ……懐《なつ》かしい言葉を知っておる」

少女が身体《からだ》の向きを変えた。装束の帯に片刃の短剣が差し込まれている。

顔は未だ見えないが、この底が全く知れない魔力……確信する。

細く小さな左手が日傘の下で軽く動いた。

「ああ、すまぬ。正面から訪ねると大事になるかと思うてな。影を魔都に置いてきた故、当面はバレまい。こ奴《やつ》にはバレてしまったが」

『⁉』

何時《いつ》の間《ま》にか——近くのベンチに白猫が座っていた。

少女が歌うように詠《うた》う。

「星と月が動いた。【微睡《まどろみ》】の時代は終わり」

あの戦場で……二百年前、魔王が首府ドラクルで見た、全てを見通す金の双眸《そうぼう》。

「遠からず——新しき時代がやって来よう。その前に『流星』が言っていた者に一目会《お》うてみたくての。二百年前に干戈《かんか》を交えた誼《よしみ》で案内してくれぬか？　人を止《や》めて久しく、世俗に疎《うと》いのだ。……懐かしき戦友共の多くは皆、私を残して遠行してしまった故な」

最後の言葉は酷《ひど》く物悲しく、風と共に消えた。

片膝をつき、頭を垂れる。

「仰《おお》せのままに…………魔王陛下」

あとがき

五ヶ月ぶりの御挨拶、七野《ななの》りくです。

そう……四ヶ月ではありません。五ヶ月です。五巻以来継続していた定期刊行を崩してしまいました。申し訳ありません。

今巻は本当に難産でした。

何せ書きたいシーンが多過ぎて……。王女殿下も「出番をっ！」と散々主張されましたしね。殆《ほとん》ど、シフォンとアトラとリアが奪い取りましたが。

次巻は何時《いつ》も通りの刊行間隔で出せるよう、精一杯頑張ります！

内容について。

存在は示唆されていましたが、アレンに悪い事を教えたゼル君、遂《つい》に登場です。

飄々《ひょうひょう》としながらも、内実は重い過去を持つ……こういう子が大好きなんです。

そして、作者の味方である偽《にせ》聖女様。

彼女、作中で最も分《わ》かり易《やす》く、だからこそ最も怖い子です。

目的の為《ため》ならば手段を選ばず、世界への悪影響なんて知ったことではありません。

今まではティナ達の背中を押すことに注力していたアレンも、そのままでいることは許されません。

次巻以降の彼に御注目ください。


宣伝です。

『双星の天剣使い3』近日発売です。

三巻で第一部完結となりますので、此方《こちら》も是非！

昨今滅多に見ない華流戦記ファンタジー、如何《いかが》でしょう？


お世話になった方々へ謝辞を。

担当編集様、大変、御迷惑をおかけしました。次巻はもう少し頑張ります。

cura先生、カバー、口絵、挿絵、毎巻素晴らしい……ステラ、完璧です！

ここまで読んで下さった全ての読者様にめいっぱいの感謝を。

また、お会い出来るのを楽しみにしています。次巻、久方ぶりにあの子が登場か⁉

七野りく

お便りはこちらまで

〒一〇二―八一七七
ファンタジア文庫編集部気付
七野りく（様）宛
ｃｕｒａ（様）宛

富士見ファンタジア文庫

公女殿下《こうじょでんか》の家庭《かてい》教《きょう》師《し》14

星約違《せいやくたが》いの天使《てんし》

令和５年４月20日　初版発行

著者——七野《ななの》りく

発行者——山下直久

発　行——株式会社KADOKAWA
〒102-8177
東京都千代田区富士見2-13-3
0570-002-301（ナビダイヤル）

印刷所——株式会社暁印刷

製本所——本間製本株式会社

ISBN978-4-04-074736-1 C0193　◇◇◇

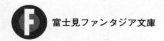

切り拓け！キミだけの王道
ファンタジア大賞
原稿募集中！
賞金
《大賞》300万円
《金賞》50万円
《銀賞》30万円
選考委員
細音啓「キミと僕の最後の戦場、あるいは世界が始まる聖戦」
橘公司「デート・ア・ライブ」
羊太郎「ロクでなし魔術講師と禁忌教典《アカシックレコード》」
ファンタジア文庫編集長
前期締切 8月末日
後期締切 2月末日